Über die Autorin

Katina von Werthern wurde in [illegible] geboren. Nach ihrem Studium der Sonder- und Heilpädagogik hat sie sich als Pferd-Mensch-Mediatorin, Fotografin und Schriftstellerin selbstständig gemacht. In ihrem ersten 2014 erschienenen Buch „Die Liebe, die sie schenken. Pferd und Mensch in Fotografie“ (spiritbooks) konnte sie die Essenz der Beziehung zwischen Pferd und Mensch sichtbar werden lassen. In „Im Auge des Pferdes“ beschreibt sie aus eigener Erfahrung, welch tiefgreifende Erkenntnisprozesse der Mensch durch die Beziehung zu Pferden durchlaufen kann. Die Pferde mit denen sie zusammenlebt und alle, die ihr im Laufe ihres Lebens begegnet sind, prägten nachhaltig ihr Verständnis von Beziehung und der Essenz des Lebens. Der Erlös des Buches kommt der Erhaltung des Pferdelebenshofes zugute, auf dem sie mit ihrer Familie lebt.

www.katinavonwerthern.de

Über den Verlag

Book & Art Affairs – der faire Verlag ist das Herzensprojekt einiger Idealisten: ein noch ganz junger und kleiner Verlag, der nicht auf Geld aus ist, sondern auf Leseglück. Sie wollen Bücher rausbringen, die bei großen Verlagen keine Chance haben – weil sie zu speziell sind. Und sie wollen ihre Autorinnen und Autoren fair bezahlen. Book & Art Affairs arbeitet nicht gewinnorientiert. Ihr Geld verdienen sie mit normalen Brotjobs – die Verlagsarbeit leisten sie ehrenamtlich. Sie unterstützen Buchprojekte, die jenseits des Mainstreams liegen.

www.book-and-art-affairs.de

Coverbild: Katina von Werthern ©
Satz: Katina von Werthern
Lektorat: Alexandra Nochta
Druck und Bindung: www.interpress.eu
Verlag: Book & Art Affairs, Anja Frieda und Olaf Parré
www.book-and-art-affairs.de

ISBN 978-3-945366-10-3

Katina von Werthern

Im Auge des Pferdes

Book & Art Affairs

An meine Eltern. Durch eure Liebe lebe ich.

An meinen Bruder. Durch deine Liebe wachse ich.

An meine Kinder. Durch eure Liebe heile ich.

An Nabo. Durch deine Liebe bin ich. Ganz.

Dunkelheit

„In der Entscheidung stehenzubleiben
öffnet sich ein Raum in uns der Ruhe heißt.
Wir lassen uns darin nieder und sehen
was uns innerlich in Stücke reißt."
(„Sieh hin")

Unendliche Male lese ich die Zeilen. Wort für Wort. Das Verständnis für das Geschriebene verschwimmt immer mehr und ich spüre, wie ein nie da gewesener Schmerz sich in mir ausbreitet und mir die Luft zum Atmen nimmt. Fragmente der Wörter hallen in mir nach, Satzfetzen wie „ich wollte dich nie verletzen" und „hätte ich es vorher gewusst, dann hätte ich es nie soweit kommen lassen" breiten einen Schleier in mir aus unter dem ich drohe bewusstlos zu werden. Langsam und in der stillen Gewissheit, dass auf diese Äußerungen nur noch eines folgen kann, kämpfe ich mich von Satz zu Satz und plötzlich steht es vor mir:"…der Punkt ist meine Liebe zu dieser Frau. Ich muss herausfinden warum wir sie mit Füßen getreten haben und ich möchte das lösen und diese Liebe dann leben." Der Ozean meiner Tränen öffnet seine Schleusen, ich tauche in ihn ein und habe das Gefühl nie wieder auftauchen zu können.

Eine Woche lang hatte er sich in Schweigen gehüllt, er, der Mann meines Lebens, dem ich das meine zu Füßen gelegt hatte. Um sich dann endlich bei mir zu melden um mir mitzuteilen, dass er mit einer anderen Frau die von ihnen zerstörte Liebe wiederbeleben will. Die Frau, mit der er fünf Jahre seines Lebens verbracht hatte, bevor wir uns trafen und die ihn durch eine psychische Hölle geführt hatte. Alles was ich je wollte - vom Moment unserer ersten Begegnung an - war ihn zu lieben. Ihm alles zu geben, was ich hatte. Mich ihm hinzugeben. Ganz. Bedingungslos. Alles, wonach ich mich mein Leben lang gesehnt hatte, war geliebt zu werden. Von diesem einen Menschen, den ich als den fehlenden Teil meiner Seele erkannt hatte, als wir uns zum ersten Mal gegenüberstanden. Es war der Moment, in dem sich alles in mir in einen stillen Frieden hüllte in der allumfassenden Gewissheit, den Teil gefunden zu haben, nach dem ich Zeit meines Daseins gesucht hatte. Es war die Gewissheit diesen einen

Menschen gefunden zu haben, durch und mit dem ich Liebe als die Substanz allen Seins würde realisieren können.

Der kurze Moment, als unsere Blicke sich erstmals begegneten, breitete unser beider Seelen voreinander aus und verriet einen Hauch dessen, welche Erfahrungen unsere Verbindung noch für uns bereithalten würde. Das Gefühl einer schlagartigen Verbindung in dem Empfinden bedingungsloser Liebe, hielt die gleichzeitig in mir aufsteigende Angst vor allen weiteren Schritten in meinem Leben in Grenzen. Ich wusste, dass nichts mehr bleiben würde, wie es bis zu diesem Moment gewesen war. In dieser ersten Begegnung mit Nabo wusste ich, dass ich die Beziehung zu dem Mann beenden muss, mit dem ich die letzten siebzehn Jahre meines Lebens verbracht und zwei Söhne bekommen hatte. Ich war nicht länger bereit und in der Lage mir ein Leben schön zu reden, in dem ich schon vor vielen Jahren aufgehört hatte zu leben. Ich hatte überlebt. Mein Wunsch war es, meinen Kindern eine glückliche Mutter zu sein und nun war ich unausweichlich mit der Frage konfrontiert, ob mir das gelungen war. Vielleicht stellte ich mir zum ersten Mal seit so vielen Jahren in meinem Leben überhaupt die Frage, was es brauchte um glücklich zu sein. Für mich selbst, um dann - aus mir selbst heraus - als glücklicher Mensch für meine Kinder da zu ein. Ohne die Erwartung, dass sie etwas für mich tun oder sein müssen, damit ich Glück und Liebe in mir empfinden kann.

Als sich Nabo‘s und mein Blick trafen spürte ich, dass er der Mensch ist, durch den ich realisieren würde, was es bedeutet, bedingungslos zu lieben und geliebt zu werden. Und irgendetwas ließ mich auch spüren, dass er der Mensch sein würde, der mich an die Pforten meiner größten inneren Festungen geleiten würde. Nach unserer ersten Begegnung vergingen einige Monate bis wir uns wiedertrafen, doch seit diesem Tag spürte ich das Gefühl, welches der Blick in seine Seele in mir hervorgerufen hatte. Es war zugleich der Blick in meine Seele und er hatte meinem Herz die Erlaubnis gegeben, sich zu öffnen. Mit einem gemeinsamen Freund besuchte ich Nabo und er empfing uns am Treppengeländer vor seiner Wohnung. Als ich vor ihm stand nahm er mich in den Arm und ich spürte, dass ich endlich angekommen war. Zuhause. Das Gefühl unendlicher

Vertrautheit umhüllte uns und Raum und Zeit verloren für diesen Moment an Bedeutung. Von diesem Abend an bahnte sich der Weg zwischen Nabo und mir auf eine Art und Weise, die einem uns zu diesem Zeitpunkt noch verborgenen Gesetz folgte. Wir zogen einander magnetisch an und jeder Austausch zwischen uns war immer die gegenseitige Ergänzung, die nach Vollendung strebte. Das Streben nach Vollendung wirkte durch jedes Wort das wir zueinander sprachen. Es wirkte durch jeden Gedanken aneinander. Und es wirkte durch jede Berührung und körperliche Vereinigung.

Drei Monate verbrachten wir jede freie Minute miteinander, oft sprachlos, da uns die Worte fehlten, um unser Gefühl füreinander zu beschreiben. In dieser Zeit empfand ich ein Gefühl nie dagewesener Zufriedenheit in meinem Leben. Das Wissen darum, den Menschen gefunden zu haben, nach dem ich mich immer gesehnt hatte, erfüllte mich mit Dankbarkeit und Glück. Und dann - wie ein Blitzschlag aus dem Dunkel des wolkenverhangenen Himmels - erreichte mich die Nachricht, dass Nabo sich entschieden hatte, einen anderen Weg zu gehen. Einen alten, auf ausgetretenen Pfaden, den er nicht zu Ende gegangen war. Tagelang hatte er sich zurückgezogen, um sich Klarheit zu verschaffen, wie er auf die Kontaktaufnahme der Frau reagieren sollte, aus deren Hölle er wenige Monate zuvor entkommen war. Die Tatsache als solche versetzte mich schon in einen Zustand der Unruhe, doch als er mir dann zu verstehen gab, dass er zu ihr zurückgehen müsse, um diese Beziehung zu klären, verdunkelte sich alles um mich herum. Ein allumfassender Schmerz breitete sich in mir aus, unaufhaltsam wie ein reißender Fluss, der sich kraftvoll seinen Weg bahnt und alles niederreißt, was sich ihm in den Weg stellt. Er verabschiedete sich mit den Worten: „Irgendwann werden wir uns wiedersehen, ich weiß nur nicht wann, aber das was zwischen uns ist steht für sich." Ich hatte das Gefühl, als griffe etwas in meinen Brustkorb, um die Hälfte meines Herzens herauszureißen. Dann brach ich innerlich zusammen und ergab mich dem Strom der Tränen, denen ich nichts mehr entgegenzusetzen wusste. Fast mechanisch verfasste ich noch eine letzte Nachricht an Nabo und spürte beim Schreiben, dass etwas in mir diese Zeilen schon längst formuliert hatte. Es war die Liebe in mir, die auch im Moment des tiefsten

Schmerzes um ihren Platz und ihre Aufgabe wusste. Sie war es, die mir trotz all der Verzweiflung und Hoffnungslosigkeit in diesem Moment das Wissen darum gab, was ich zu tun hatte: ihn gehen lassen. Ein letztes Mal ließ ich ihn wissen, dass ich ihn immer lieben werde und ihm aus tiefstem Herzen die Erfahrungen wünsche, die die Klarheit in sein Leben bringen möge, nach der er sucht. Ich wollte ihm einzig und allein das nicht endende Strahlen sein, das ihn auf dem erneuten Weg in die Hölle innerlich begleiten sollte.

Darauf folgte eine Zeit tiefer und nie empfundener Einsamkeit. Geboren aus dem Wunsch für meine Kinder die bestmögliche Mutter zu sein und in dem Wissen um die Verantwortung für sie, startete ich den kurzen und zum Scheitern verurteilten Versuch, die Beziehung zu dem Vater meiner Kinder wiederzubeleben. Ich spürte, dass dies lediglich der Versuch im Außen war, etwas darzustellen, was schon seit Jahren keine innere Substanz mehr hatte. Ich funktionierte und überlebte so gut es mir möglich war und begann mich innerlich damit auseinanderzusetzen, was all das in meinem Leben zu bedeuten hatte. Warum hatte ich Nabo getroffen und musste ihn dann auf diese unendlich schmerzvolle Weise wieder gehen lassen. Mit seinem Weggang hatte er mich einer Prüfung unterzogen, auf die ich vielleicht ein Leben lang gewartet hatte. Meiner Suche nach bedingungsloser Liebe. Ich wusste, dass ich ihn gehen lassen musste, dass die Liebe gar nicht anders kann, als gehen zu lassen und dass es nicht darum gehen konnte, ob er je zurückkehren würde, sondern einzig und allein darum, dass ich ihn gehen ließ. Frei von der Hoffnung oder dem Wunsch ihn wiederzusehen und frei von dem Schmerz, ihn gehen gelassen zu haben.

An diesem Wendepunkt in meinem Leben standen sich in mir das Dunkle und das Helle direkt gegenüber und ich musste eine Entscheidung treffen. War es das Ego, dem ich mich hingeben wollte, welches sich unendlich verletzt und verlassen fühlte und sich danach sehnte, diesem Zustand in allen denkbaren Facetten Ausdruck zu verleihen. Oder wollte ich der Liebe in mir Raum geben. Der Liebe, die ich in dieser Form ihrer Bedingungslosigkeit in meinem Leben bisher nur durch meine Eltern und meinen Bruder und für meine Kinder empfunden hatte. Das laute Schreien meines verletzten Egos kam gegen das leise

Schweigen meines Herzens nicht an. Nabo hatte sich entschieden zu gehen, um Dinge in seinem Leben zu regeln und ich wusste, dass das einzige was ich aus Liebe zu ihm tun konnte, war mich nicht mehr bei ihm zu melden.

Weg ins Licht

„Tanz im Regen und fürchte das Wasser nicht.
Fliege ohne Angst zu fallen.
Öffne dein Herz und füll es mit Licht.
Für dich. Einfach für dich."
(„Tanz im Regen")

Um das Heute zu begreifen muss ich weit in das Gestern zurück. Dorthin wo meine Suche ihren Anfang nahm und worauf sich alles in meinem Leben gründet, was ich heute mehr und mehr als die Substanz erkenne. Als Nabo sich zurückgezogen hatte, wollte ich meinen Schmerz überleben und ich wollte verstehen. Ich wollte verstehen, warum wir uns begegnet waren und er durch sein kurzes Erscheinen einen Punkt an meine lebensumspannende Suche nach bedingungsloser Liebe setzte. Ich wollte meiner eigenen Suche auf den Grund gehen, um zu verstehen, warum mir diese Begegnung in dieser Weise geschenkt wurde. In der Betrachtung meines Lebens und dem Wunsch, alles Gewesene miteinander in Relation zu setzen zeichnete sich eines deutlich ab. Neben der Beziehung zu meinen Eltern und meinem Bruder als meine rahmengebende Struktur in meinem Leben gab es zwei Dinge, die mich schon als Kind faszinierten und magisch anzogen: Pferde und das Universum. Unabhängig von Lebensalter- und Ort suchte ich immer Pferde auf und verbrachte etliche Stunden unter freiem Sternenhimmel. Sowohl das Zusammensein mit Pferden, als auch das Erleben der universellen Kräfte stillten in mir eine tiefe Sehnsucht, die ich zeitlebens verspürte, aber nie beschreiben konnte.

Erste Kontaktaufnahmen mit Pferden hatte ich mit denen, die auf allen umliegenden Weiden des Dorfes standen, in dem meine Familie und ich lebten. Schon als kleines Mädchen verbrachte ich unzählige Stunden alleine in der Natur, um alle für mich erreichbaren Weiden abzulaufen und Zeit mit den Pferden zu verbringen. Oft saß ich einfach nur stundenlang am Zaun und beobachtete sie oder versuchte sie zu mir zu locken. Im Laufe der Jahre entwickelte ich die Fähigkeit, das Wiehern eines Pferdes so täuschend echt nachzuahmen, dass die Pferde anfingen darauf zu reagieren. Mein Wunsch war es mit ihnen zu kommunizieren und ich fand einen Weg, es zu tun. Es gab eine riesige Koppel, die sich an einem steilen Hang entlang zog und auf der jeden Sommer fünf große braune Warmblüter standen. Wenn ich zu der Weide kam und die Pferde an einem weit entfernten Platz standen, war ich in der Lage, sie durch mein Wiehern zu mir zu rufen. Damals erfüllte es mich mit unfassbarer kindlicher Freude, wenn die Pferde sich meinem Ruf folgend in Bewegung setzten und zu mir galoppierten. Meist standen sie dann suchenden Blickes vor mir, da sie das Pferd, dessen Rufen sie vernommen hatten, nicht sehen konnten. Es machte mir Spaß in dieser Art und Weise mit ihnen zu spielen. Ich war zu jung um zu begreifen, dass dies nur der Anfang einer Verbindung sein sollte, die alles mir Vorstellbare in den Schatten stellen würde.

Der Wunsch nach einem eigenen Pferd war regelrecht in mich eingebrannt, konnte aber trotz allen Bitten und Hoffens in Richtung meiner Eltern nicht realisiert werden. Stattdessen ermöglichten sie mir Voltigieren zu lernen und mein Großvater schenkte mir zu meinem zehnten Geburtstag zehn Reitstunden in dem Reitverein der nächst größeren Stadt. Es sollten die einzigen Reitstunden meines Lebens bleiben. Den Voltigierunterricht brach ich nach wenigen Malen ab, da ich hauptsächlich damit beschäftigt war, einen Weg zu finden, um den Hänseleien der anderen Kinder aus dem Weg zu gehen. Wenn ich nicht an der Reihe war und auf dem Pferd saß, ging ich in die Stallgasse und verbrachte dort die Zeit bei einem großen Knappstrupperwallach. Er stand in einer voll vergitterten Box – so wie alle Pferde in diesem Stall - und man warnte mich vor ihm, da er wohl sehr aggressiv sei. Dennoch fühlte ich mich gerade zu ihm sehr hingezogen. Er war schon älter und sein Blick offenbarte, neben der Resignation des Eingesperrt-seins, Weisheit und Anmut. Ich stellte mich immer auf die Zehenspitzen und streckte meine kleinen Hände durch das Gitter, um seine ergrauten und weichen Nüstern zu berühren. Allein diese Berührung erfüllte mich mit Glück, denn ich spürte, dass sein Wesen in seinem Kern nur sanftmütig war.

Parallel zu den Erfahrungen, die ich mit lebendigen Pferden machen durfte, baute ich mir im Laufe meiner Kindheit, auf dem Speicher meines Elternhauses, meine ganz eigene Pferdewelt. Aus Holzböcken für Malertische zimmerte ich mir drei Pferde und errichtete ihnen im Dachgeschoss des alten Fachwerkhauses ein Zuhause. Mit ihnen tauchte ich in all die Welten ab, von denen ich im Zusammensein mit Pferden träumte und schaffte es, in meiner kindlichen Phantasie, die Erlebnisse als völlig real zu empfinden. Stundenlang war ich damit beschäftigt, die Pferde zu versorgen, Ausflüge mit ihnen zu machen und Freundinnen einzuladen, um mit ihnen und den Pferden gemeinsam Zeit zu verbringen. Ich hatte mir meinen eigenen Pferdehimmel geschaffen.

Meine Versuche, in der realen Welt, in Kontakt mit den Pferden anderer Menschen zu kommen, gestalteten sich eher schwierig. Es gab zwei Norweger Ponys, die auf einer entlegenen Weide am Waldrand unseres Dorfes standen. Bis auf die Zeiten, an denen der Bauer zum Füttern vorbeikam, waren diese Pferde sich selbst überlassen. Diesen Umstand machte ich mir in meinem kindlichen Übermut und dem naiven Glauben an das Gute im Menschen, zu Nutze. Eines Tages fing ich an mich nicht nur am Rand des Zaunes bei den Pferden aufzuhalten, sondern kletterte über den Zaun, um direkt bei ihnen sein zu können. Nachdem wir Vertrauen zueinander gefasst hatten, begann ich sie so oft ich konnte zu besuchen und sie zu versorgen. All das, was ich über lange Zeit mit meinen Holzpferden erlebt hatte, konnte endlich in die Wirklichkeit übertragen und gelebt werden. Es fühlte sich so an, als wären es meine Pferde. Und aus diesem Empfinden entstand als Konsequenz meine Überzeugung, dass ich diese Pferde auch würde reiten können.

Dieser folgend schnallte ich einem der Ponys ein selbst gebasteltes Zaumzeug an, führte es daran zu einem Baumstumpf und kletterte auf seinen Rücken. Es lief los und der Himmel öffnete seine Pforten. Jahrzehnte sollten vergehen, bis ich mich, im Zusammensein mit einem Pferd, wieder in dieser Weise frei und vereint fühlen würde. Nichts mehr, außer dem Gefühl des vollkommenen Getragen-Seins und der absolut vertrauten Verbindung zwischen mir und dem Pferd, spielten noch eine Rolle. Wir flogen dahin und ich nahm nichts mehr wahr außer dem Gefühl der Einheit des Pferdes und mir. Auch den Bauern und Besitzer der Pferde nicht, der plötzlich aus dem Nichts auftauchte und auf der Koppel stand. Er hielt eine Mistgabel in der Hand und brüllte mich an, was ich bei den Pferden verloren habe und dass ich sofort absteigen solle. Der Fall ist immer schlimmer, je höher man fliegt. In Windeseile rutschte ich vom Rücken des Pferdes und flüchtete mich in den nah gelegenen Wald. Jahrelang wechselte ich die Straßenseite, wenn ich an dem Haus des Bauern vorbeikam, aus Angst ihm noch einmal begegnen zu müssen.

In den darauffolgenden Jahren nahm ich zu allen weiteren Menschen in unserem Dorf Kontakt auf, die Pferde hatten und versuchte mich dort durch Mithilfe bei der Versorgung möglichst oft in deren Nähe aufhalten zu können. Dafür nahm ich alles in Kauf: körperliche Arbeit, die meinen kindlichen Kräften alles andere als angemessen war; Streiche und Hänseleien der älteren Mädchen, deren Väter und Großväter die Besitzer der Pferde waren, deren Ställe ich ausmisten durfte und das nicht enden wollende Versprechen all dieser Menschen, dass ich eines Tages für all meine Mühen entlohnt werde und endlich auch reiten darf. Ich wartete vergebens auf die Einlösung all der Versprechen und das bloße Zusammensein mit den Pferden ließ mich das Gefühl unmenschlich behandelt zu werden, ertragen.

Durch meinen Großvater kam schließlich der Kontakt zu einem älteren Herrn bei uns im Dorf zu Stande, der mit seinen vier Pferden auf einem schönen Grundstück am Rande des Dorfes lebte. Nur an zwei seiner Pferde kann ich mich erinnern. An das eine, weil es schließlich das Pferd des Menschen war, der sein Versprechen hielt und mich für all meine Mitarbeit einmal den Feldweg hinauf- und hinunterführte - auf dem Rücken seiner braunen Stute - und an das andere, weil es wohl das Pferd war, das mir die Essenz in der Beziehung zwischen Mensch und Pferd vermittelte.

Orlow

Ich war zehn Jahre alt, als sich zwischen diesem Pferd - einem jungen und wunderschönen Orlowtraberhengst - und mir eine Szene ereignete, die sich unauflöslich in mir einbrannte. Wie an jedem Wochenende kam ich früh morgens in den Stall, um die Pferde zu besuchen und mich bei der Versorgung einzubringen. Nachdem ich an der Haustür geklingelt hatte um mich anzumelden, begab ich mich danach direkt in den Stall zu den Pferden. Meine Intention war es, dem Herrn eine Freude zu machen und so begann ich die Pferde zu füttern und anschließend ihre Boxen auszumisten. Unzählige Male hatte ich dabei zugesehen, wie die Boxen ausgemistet wurden, obwohl die Pferde in den Boxen verblieben. Die autoritäre Ausstrahlung des Herrn gegenüber seinen Pferden ließ keinen Zweifel daran, dass es spürbare Konsequenzen haben würde, wenn sie es wagen würden, während des Mistens an ihm vorbei aus der Box herauszulaufen. Regungslos standen sie an die Wand gepresst und ihr Atem war kaum hörbar. Das Mitzuerleben löste ein Gefühl des Unmutes in mir aus, aber ich nahm es in Kauf, da ich nicht riskieren wollte, nicht mehr bei den Pferden sein zu können, weil ich mich dazu äußerte. Mein einziger Wunsch war es, den Pferden durch meine Anwesenheit etwas Gutes zu tun, was auch immer es war. Ich wollte dem Herrn Arbeit abnehmen und ich wollte den Pferden das Gefühl geben, dass sie keine Angst haben müssen, während man ihre Ställe säubert. Dann öffnete ich Orlow`s Box.

Unendliche Male war ich vor ihm gewarnt worden. Er sei ein junger, unberechenbarer und gefährlicher Hengst, dem ich nie zu nah kommen dürfe. Dem ich mich schon gar nicht alleine nähern dürfe. Mit dem Öffnen seiner Stalltür schob ich all diese Warnungen zur Seite. Da stand er vor mir. Das erste Mal gab es kein Gitter mehr, das uns voneinander trennte. Er beäugte mich mit seinem klaren Blick, der sich hinter seinem blonden Schopf versteckte. Nie wieder in meinem Leben ist mir ein solch majestätisches Pferd begegnet. Dunkelfuchsfarben mit blondem Behang und einer über das ganze Gesicht gezogenen Blesse. In seinen Augen spiegelte sich das Universum. Er ließ mich in seine Box eintreten und bevor ich anfing zu Misten, berührte ich sein seidig schimmerndes Fell. Die unendliche Kraft, die er ausstrahlte, zog mich vollkommen in seinen Bann. Keine Spur von der Aggressivität, vor der ich so eindringlich gewarnt worden war. Zwischen uns herrschte ein stilles Einvernehmen. Es hatte den Anschein, als ließe er mich in dem Moment an seinem tiefsten Wesen teilhaben und darin eintauchen, in dem ich mich allen Warnungen zum Trotz an seine Seite begab, um mich dem Gefühl hinzugeben, mich an seiner Seite beschützt und geborgen zu wissen. Er ließ mich Frieden spüren, obwohl die Menschen mich hatten zwingen wollen, an seiner Seite Todesangst zu empfinden.

Das entsetze Schreien des Herrn durchdrang den Frieden, als er mich bei Orlow in der Box stehen sah. Er brüllte sich so sehr in Rage, dass sich das angekündigte Gefühl von Angst in mir dann doch noch einstellte. Er fragte mich, was mir einfiele einfach in die Box zu gehen. Orlow hätte mich an die Wand drücken und umbringen können. Ich hörte seine Wut und Angst, aber die Worte wurden immer verschwommener. Dieses Ereignis wurde final zum Anlass genommen, mir zu untersagen, meine Zeit zukünftig auf dem Hof und bei den Pferden zu verbringen. Ich bekam noch einen Brief, der durch sehr nett formulierte Worte erklärte, warum ich nicht mehr zu Besuch kommen dürfe. Darin war die Rede davon, dass auch andere Kinder den Wunsch hätten mit den Pferden zusammen zu sein und ich nicht immer im Mittelpunkt stehen könne. Außerdem hätte ich Respekt vor dem zu haben, was die Erwachsenen mir sagen und was sie mir an Umgang mit den Pferden zugestehen. Nach diesem Brief habe ich den Hof nie wieder betreten und Orlow verschwand für immer aus meinem Leben. Viele

Jahre später besuchte ich den Herrn - der in der Zwischenzeit unser Dorf verlassen hatte - noch ein letztes Mal gemeinsam mit meinem Großvater. Wir waren zum Kaffee eingeladen worden und während sich die beiden Männer unterhielten, wanderte mein Blick über die in edle Silberrahmen gefassten Fotografien, die im Wohnzimmer auf den Kommoden standen. Orlow konnte ich nirgends finden und in der ausweichenden Art, wie der Herr über ihn sprach, wuchs in mir allmählich die unausgesprochene Gewissheit, dass er ihn weggegeben hatte. Um ihn töten zu lassen.

Orlow gewährte mir einen kurzen und dennoch fest in meinem Inneren verankerten Moment der spürbaren Essenz des Lebens. An seiner Seite durfte ich zum ersten Mal durch die Nähe zu einem Pferd spüren, wie sich Vertrauen und Liebe anfühlten, wenn Angst und Misstrauen kein Raum mehr gegeben wurde. Gnade wurde spürbar, als ich mit meinen kleinen Händen über seinen kraftvollen Körper strich. Alle Gedanken standen still und ich fühlte nur noch und wusste, dass ich beschützt war. Mein unbändiges Vertrauen in ihn und meine Wahrnehmung seines hinter allen Fassaden verborgenen Wesens, machten es keiner Facette meiner Angst möglich, sich in mir auszubreiten. Ich wollte diesem Pferd nah sein, so nah wie möglich, und legte ihm mein Herz zu Füßen. Und alles was geschah war, dass er es seinerseits tat. Er blieb vollkommen ruhig, ließ sich von mir berühren und wandte seinen Kopf zu mir. Aus seinen Augen sprach nur Sanftmut und der Moment erfüllte mich mit Demut. Er war ein König unter den Pferden und gewährte mir Eintritt in sein Königreich, damit ich fühlen konnte, welche unaussprechliche Botschaft er für mich hatte. Wie so viele andere auch wollte er diese Botschaft auf seinem Wege in die Welt tragen und den Menschen vermitteln. Er tat es in seiner unbändigen Kraft und einem majestätischen Ausdruck, der seinesgleichen suchte. Sein Auftrag an die Menschen kostete ihn sein Leben. Sein Wesen und alles, was durch ihn zu mir sprach sollte mich nachhaltig prägen und meinen Weg mit allen wieteren Pferden immer wieder auf das Wesentliche konzentrieren.

Schimmi

Nachdem der Lebensabschnitt mit den Pferdebegegnungen in unserem Dorf mehr oder weniger beendet war, widmete ich mich in den darauffolgenden Jahren intensiv dem Pferd meines Onkels - Schimmi. Er stand in einem Stall nahe dem Ort in dem mein Onkel lebte und ich war immer darauf angewiesen, dass meine Eltern mich zu ihm bringen. Wann immer es möglich war, verbrachte ich das ganze Wochenende bei meinem Onkel, um in Schimmi's Nähe sein zu können. In meinem Umgang mit Schimmi setzte mein Onkel mir kaum Grenzen, ließ mich auch alleine bei ihm bleiben und das führte dazu, dass es sich mehr und mehr so anfühlte, als sei Schimmi mein Pferd. Ich hatte die Freiheit es so zu fühlen und mein Leben mit Schimmi dementsprechend zu gestalten. Stundenlang streifte ich mit ihm alleine durch die, an die Koppel angrenzenden, Wälder und Felder. Manchmal begleiteten mich auch Freundinnen, die dann auf der Islandstute reiten durften, welche einige Jahre mit Schimmi zusammenlebte. Meistens band ich nur einen Strick an sein Halfter, schwang mich auf seinen blanken Rücken und ritt los. Das Maß an

Freiheit, das ich durch ihn spürte, beflügelte meine Seele. Schimmi ist in seinem Kernwesen extrem eigensinnig, oft unduldsam und provokativ, aber er begleitete mich auf diesem Lebensabschnitt in einer verlässlichen Treue, die mir unendlichen Halt gab. Auch in den verlassensten und dunkelsten Wäldern, die wir gemeinsam durchstreiften, fühlte ich mich in der Verbindung zu ihm sicher und geborgen. Mein Wissen darum, dass er mich niemals täuschen oder im Stich lassen würde, war fest in mir verankert.

Nachdem die Islandstute verstorben war und mein Onkel einige Versuche unternommen hatte, Schimmi an anderen Orten unterzubringen und diese alle fehlschlugen, übergab er ihn schließlich an mich. Ich hatte ihn lange Zeit nicht mehr gesehen und fuhr an den Ort, an dem er zuletzt stand, bevor ich ihn bei mir aufnahm. Seit unserer letzten Begegnung waren viele Jahre vergangen und ich wollte wieder Kontakt zu ihm aufnehmen und ihm sagen, dass ich kommen würde, um ihn nach Hause zu holen. Er war auf einem großen Bauernhof untergebracht und stand auf einer riesigen Weide mit einer Hand voll weiterer Pferde. Mein Onkel wusste sich nicht mehr anders zu helfen, als ihn an mich abzugeben, da Schimmi - trotz der riesigen Fläche die ihm zur Verfügung stand - es nicht unterließ, das Weidentor zu öffnen, um auszubrechen. Jede Form der Einzäunung war für Schimmi inakzeptabel. Sein kämpferischer und nach uneingeschränkter Freiheit drängender Geist riss alle Barrieren nieder, die man ihm in den Weg stellte.

Als ich die Weide erreicht hatte, auf der Schimmi stand, sah ich ihn weit entfernt am Waldrand stehen. So wie mein Onkel es mich gelehrt hatte rief ich einmal seinen Namen und pfiff nach ihm. Sofort hob er seinen Kopf, wieherte und galoppierte auf mich zu. Trotz all der Jahre die wir uns nicht gesehen hatten, knüpfte unsere Verbindung zueinander genau da an, wo sie stehengeblieben war, als unsere Wege sich getrennt hatten. Tränenüberströmt nahm ich ihn im Empfang, als er mir gegenüberstand und streichelte über seine Stirn. Ein Teil meiner Seele war zurückgekehrt, um mich auf den weiteren Schritten meines Lebensweges zu begleiten.

Der Hof, auf dem ich in den darauffolgenden Jahren mit den Pferden lebte, bot Schimmi auch ständig Anlass auszubrechen. Mit der Zeit erkannte ich, dass es ihm nicht - wie in all den Jahren zuvor - darum ging, auszubrechen und wegzulaufen. Er brach einfach nur aus, um auf der anderen Seite des Zaunes zu stehen. Er hielt sich nach jedem Ausbruch immer in der Nähe des Hofes auf und wirkte wie ein Mahnmal der uneinschränkbaren Freiheit. Ich brachte sehr viel Energie dafür auf, mich wieder und wieder darüber aufzuregen, dass er die Zäune niederrannte und einfach nicht akzeptieren wollte, begrenzt zu sein. Sein Verhalten war derart gnadenlos, dass es mich zunehmend faszinierte. Wenn er in aller Gründlichkeit geprüft hatte, an welcher Stelle des Zaunes die geringste Pulsation des Stromkreislaufes zu spüren war, fing er an, sich in rhythmischen Bewegungen so lange mit der Brust gegen den Zaun zu drücken, bis er durchgebrochen war. Dann stieg er durch den Zaun, stellte sich auf die andere Seite und begann dort weiterzugrasen oder zu dösen. Erst als wir den Hof bezogen, den ich endlich als unser aller Zuhause realisierte - den Ort an dem meine Seele vorerst ihren Frieden finden konnte - hörte Schimmi auf auszubrechen. Die Ruhe und Gewissheit angekommen zu sein, spiegelte sich schlagartig auch in seinem Verhalten wieder. Es mussten keine Zäune mehr niedergerissen werden, da das Empfinden von Freiheit sich langsam aber sicher durch das Leben selbst etablierte.

In den ersten Monaten nach unserem Umzug setzte ich Schimmi noch ab und zu im Unterricht ein. Als er sich jedoch der Menschen auf seinem Rücken in vergleichbarer Gnadenlosigkeit entledigte, in der er sich sonst auch seinen Freiraum verschaffte, wurde mir klar, dass etwas zu einem Ende gekommen war. Ich traf die Entscheidung, ihn von niemandem mehr reiten zu lassen und auch darüber hinaus nichts mehr mit ihm zu tun, was irgendetwas von ihm abverlangt hätte. Er hatte mich meine ganze Jugend hindurch begleitet, war sowohl mein ruhender Pol in Zeiten der Verunsicherung, als auch der unaufhaltsame Kämpfer, der mich an das Versprechen erinnerte, das ich mir einst gegeben hatte. Das Versprechen mich zu befreien. Mich zu befreien von allen mir selbst auferlegten Ideen über mich, die jenseits der Wahrheit lagen, die ich in dem Moment in die Welt trug, als ich geboren wurde.

Lloyd

Lloyd. Mein wahr gewordener Traum. Mein lebensumfassender Wunsch nach einem eigenen Pferd entstand aus dem Bedürfnis nach Liebe, die ich glaubte in einem Pferd zu finden. Ich sollte eines Besseren belehrt werden und erkennen, dass Liebe in ihrem eigentlichen Sinne nicht das ist, wofür ich sie immer gehalten hatte. Mit der Entscheidung, ein Pferd an meine Seite zu holen, begab ich mich auf eine Reise, deren Tragweite mir erst nach und nach klar wurde.

Weder hatte ich zu diesem Zeitpunkt den konkreten Plan, mir ein eigenes Pferd an die Seite zu holen, noch war Lloyd das Pferd, welches ich mir in meinen Träumen ausgemalt hatte. Lloyd erschien zu einem Zeitpunkt in meinem Leben, an dem ich mich innerlich neu ausrichtete und mich intensiv nach dem Sinn meines Lebens fragte. Ich war auf der Suche nach dem roten Faden in meinem Dasein und als Lloyd vor mir stand, offenbarte er sich mir erneut. Der rote Faden in meinem Leben war der ungebrochene Wunsch an der Seite der Pferde zu leben und in der Begegnung mit Lloyd lief dieser Faden an einem

Punkt zusammen. Lloyd war die maßgebliche Konsequenz dieses roten Fadens in meinem Leben und er war, in seinem eigenen Dasein, in ihm gefangen. Nahezu leblos, in sich gekehrt und innerlich wie äußerlich gefesselt stand er vor mir.

Er war in dem Stall untergebracht, in dem ich zu Beginn meines Studiums angefangen hatte ehrenamtlich zu arbeiten. Wie schon immer in meinem Leben, war es auch in diesem Fall mein Wunsch, durch meine Mithilfe den Pferden etwas Gutes zu tun. Eines Tages, als ich die Pferde fütterte und deren Ställe säuberte, kam ich zu Lloyds Box. Sie war in einer verborgenen Ecke des Hofes, kaum sichtbar und nur mit einer kleinen Tür versehen. Ein dunkles, dreckiges Loch. Ich blickte in die Box. Innen war kaum etwas zu erkennen, da nur durch die kleine Tür Licht hineinfiel. In der hinteren Ecke sah ich Lloyd stehen. Ein knapp zweijähriges, fuchs-farbenes und völlig eingefallenes Pferd. Sein Anblick ließ mich erschaudern. Nie zuvor hatte ich in meinem Leben einen solchen Ausdruck von Resignation erlebt. Auf meine Ansprache reagierte Lloyd kaum, stürzte sich nur augenblicklich auf das Heu, das ich ihm zu Fressen hinlegte. Sein körperlicher Zustand ließ darauf schließen, dass er nicht ausreichend mit Futter versorgt worden war.

Ohne die konkrete Absicht entwickelt zu haben, Lloyd zu kaufen, fragte ich den Betreiber des Hofes, was er mit Lloyd plane. Einerseits gab er mir zu verstehen, dass Lloyd gefährlich sei, da er beim Füttern einem der Mädchen aus dem Stall den Unterkiefer und einem anderen die Hand gebrochen habe. Und andererseits ließ er mich wissen, dass er ihn bald würde einreiten lassen, damit er gefügig und einsatzbereit für den Unterricht werde. Ohne es auszusprechen war dies der Moment, in dem ich wusste, dass Lloyd an meine Seite gehörte. Dass ich dafür Sorge zu tragen hatte, dass ich alle weiteren Qualen von ihm abwenden musste. Auf Nachfrage bekam ich von dem Betreiber die Erlaubnis, mich von nun an gezielter um Lloyd zu kümmern. Er gestand es mir zu mit der Betonung darauf, dass alles was ich tue in meiner alleinigen Verantwortung läge und ich ihn nicht haftbar machen könne, sollte mir mit Lloyd etwas zustoßen. Als ich mir Gewissheit darüber geschaffen hatte, dass es möglich wäre, Lloyd durch Ratenzahlungen zu kaufen und seinen weiteren Unterhalt zu sichern, kommunizierte ich dieses Vorhaben. Ich kaufte ein knapp zweijähriges, rohes, völlig abgemagertes und von Würmern befallenes Pferd zu einem Preis, der verbrecherisch war. Der Betreiber des Hofes hätte froh sein müssen, einen Menschen gefunden zu haben, dem er Lloyd in diesem Zustand hätte schenken können. Aber er wusste um meine Verbindung zu diesem Pferd und für diese zahlte ich einen hohen Preis.

Ab dem Tag, an dem ich anfing die erste Rate für Lloyd zu zahlen, untersagte ich allen Menschen auf dem Hof, noch einmal etwas mit Lloyd zu unternehmen. Die Schritte, die nötig waren um ihn zu befreien, offenbarten mir mehr und mehr die Abgründe des menschlichen Egos. Missgunst, Neid, Hohn, üble Nachrede und Ausgrenzung waren von diesem Tag an meine ständigen Begleiter. Nicht alle schafften es, mir nur hinter vorgehaltener Hand zu wünschen, dass ich mit Lloyd verunglücke. Ich versuchte mich immer außerhalb des Hofes aufzuhalten, wenn ich Zeit mit ihm verbringen wollte. Wir gingen stundenlang in den umliegenden Feldern spazieren und alles, was ich tat, um ihn allmählich auszubilden, fand auf entlegenen Feldern und Wiesen statt. Es war mir zuwider, in den kostbaren Momenten, die ich mit Lloyd erleben durfte, von Missgunst zerfressene Menschen in meiner Nähe zu haben. Alles was ihm an gefährlichem Verhalten nachgesagt worden war, hat sich in unserem weiteren Zusammensein nie wieder gezeigt.

Der Tag, an dem ich die letzte Rate für ihn zahlte, war der Tag an dem ich aus dem Stall auszog. Ich wollte in unser beider Leben ein neues Kapitel aufschlagen und uns befreien von all den Menschen, die mir im Zusammensein mit ihm ununterbrochen Steine in den Weg legten. Doch daran sollte sich nichts ändern. In dem neuen Stall begann ich Kindern auf Lloyd - den ich erst kurz zuvor eingeritten hatte - an der Longe Reitunterricht zu geben. Durch die veränderte Stallsituation kam ich in Kontakt mit neuen Menschen, aber die Schwierigkeiten im zwischenmenschlichen Bereich ließen nicht nach. Insbesondere, da ich gemeinsam mit Lloyd Wege beschritt, die nur wenige Menschen in meinem Umfeld nachvollziehen konnten oder wollten. Sie hielten es für naiv, verantwortungslos und gefährlich, kleine Kinder auf ein vierjähriges, gerade eingerittenes Pferd zu setzen. Vielleicht war es all das von außen betrachtet, aber mein Wissen um Lloyd sprach in meinem Inneren in einer anderen Sprache zu mir.

Schon damals, ohne zu wissen was sich dort wirklich abspielte, orientierte ich mich in meinem Handeln mit meinen Pferden, an dem, was sich von Situation zu Situation zeigte. Lloyd zeigte sich trotz seines jungen Alters im Zusammensein mit Kindern immer sehr behutsam und umsichtig. Die Kinder genossen es sehr, auf seinem großen Rücken zu sitzen und lachten laut auf, wenn sie durch seine großen Schritte beim Traben Auf und Ab geschmissen wurden. Es waren Momente voller Freude, Glück und Ausgelassenheit, in denen Sorgen und Ängste keinen Raum hatten.

In der Arbeit mit Lloyd und Menschen, die zu mir kamen, um Reiten und den Umgang mit Pferden zu erlernen, bekam ich endlich die Anerkennung, nach der ich mich so sehr gesehnt hatte. Darin glaubte ich meinen Lebenssinn gefunden zu haben und begab mich unbewusst auf einen Weg, der mich nicht nur eines Besseren belehren, sondern mich in jeder Hinsicht an meine Grenzen bringen sollte. Ich wollte wahrgenommen und angenommen sein und brachte mich damit mehr und mehr in Abhängigkeiten, die mich sowohl innerlich wie äußerlich in Ketten legten.

Die Arbeit mit Lloyd und meinen Reitschülern entwickelte sich gut und es gab immer mehr Anfragen von Menschen, die von mir und meiner unkonventionellen Art und Weise gehört hatten. Ich genoss meine Arbeit und die Zeit, die ich mit meinen Schülern und Lloyd verbrachte, auch wenn sie häufig überschattet war von Problemen zwischenmenschlicher Art. Zwischen Lloyd und mir entwickelte sich eine vertrauensvolle und respektvolle Beziehung, was vielen Menschen in unserem Pferdeumfeld missfiel. Es scheint nicht in der Natur des Menschen zu liegen, sich gemeinsam an der Freude und Harmonie des Lebens zu orientieren und sich gegenseitig in deren Erleben zu unterstützen.

Je harmonischer sich die Beziehung zwischen mir und Lloyd entwickelte, desto mehr Menschen distanzierten sich von mir oder feindeten mich an. In der Zeit, in der ich arbeitete, war ich anderen Menschen im Stall oft zwangsläufig ausgeliefert. Daher konzentrierte sich die Zeit, die ich mit Lloyd verbrachte, irgendwann fast ausschließlich auf Ausflüge ins Gelände, um dort mit ihm alleine zu sein. Wenn wir alleine unterwegs waren, hatte ich das Gefühl die Kraft wieder aufzutanken, die mir in so vielen belastenden Szenen mit anderen Menschen verlorengegangen war. Im Zusammensein mit Lloyd gab es nichts zu beweisen – ich konnte einfach nur sein, ohne mich zu rechtfertigen oder meinen Platz zu erkämpfen. In den Stunden, in denen ich mit Lloyd in der Natur eingebunden war, wurde aus den Fragezeichen in Bezug auf den Sinn des Lebens immer mehr ein Punkt.

Der zweite Stallwechsel erfolgte, als ich deutlich spürte, dass die Zeit an diesem Ort für mich abgelaufen war. Für Lloyd wünschte ich mir eine noch pferdegerechtere Unterbringung und ich war nicht länger gewillt, mich mit der Engstirnigkeit und oft daraus resultierenden Böshaftigkeit meiner mich umgebenden Mitmenschen auseinander zu setzen. Die Diskrepanz zwischen der Zufriedenheit, die ich empfand, wenn ich anderen Menschen gemeinsam mit Lloyd Momente des Glücks schenkte und dem Gefühl, mich dafür, wie ich dies tat ständig rechtfertigen zu müssen, wuchs zunehmend.

Vor allem Menschen aus meinem direkten Pferdeumfeld versuchten mich ständig in dem, was ich mit Lloyd, und den Pferden, die nach und nach in mein Leben traten, erarbeitete, auf einen anderen - ihren - Weg zu bringen. Heute sehe ich, dass mein größtes Glück und meine Gabe in Bezug auf die Pferde wohl einzig und allein darin liegt, sie in ihrem Kern wahrzunehmen und zu erkennen und mich in allem, was ich tue, allein daran zu orientieren. Wie in allen anderen Bereichen des Lebens gibt es natürlich auch unendlich viele Wege, die man an der Seite eines Pferdes gehen kann. Schon immer hatte ich in Bezug auf meine Pferde das Gefühl, dass es, wenn überhaupt, nur einen Weg geben kann: den des Pferdes. Denn der Weg des Pferdes ist der direkte Weg zu uns selbst.

Als Lloyd in mein Leben trat, sah ich mich in der Verantwortung, ihn auf seinem Weg der Genesung bestmöglich zu begleiten, ihn gesund zu erhalten und ihm ein Leben zu ermöglichen, welches seinen Bedürfnissen entspricht. Da ich in der Ausbildung eines völlig rohen Jungpferdes gänzlich unerfahren war, befasste ich mich mit unterschiedlichen Richtungen, aber wegweisend in allem was ich tat, war für mich immer die Rückmeldung von Lloyd. Lloyd lehrte mich eindrücklich, dass sich die Frage nach der Ausrüstung und Methode der Ausbildung letztendlich nicht zu stellen lohnt.

Er lehrte mich, wie kein anderes meiner Pferde, dass ich alles, was ich für den Weg mit ihm brauche, aus mir selbst herausholen kann solange ich hinsehe und -höre. Und dass die Momente, in denen ich glaube, mich auf jemand anderen stützen zu müssen, diejenigen sind, in denen meine Kraft nachlässt.

Immer dann, wenn in meinem Leben in Hinblick auf meine Pferde Veränderungen bevorstanden, war es Lloyd der diese sichtbar werden ließ. Als er in einem Stall in der Zeit der Anweidung für einige Stunden auf der saftigen Weide vergessen wurde und mit einer massiven Kolik in die Klinik gebracht wurde, sah ich mich veranlasst, erneut nach einem anderen Stall zu suchen. Lloyd brachte mich durch sein sehr untypisches, zappeliges und aggressives, Verhalten während der Hufbearbeitung unterschiedlicher Menschen, die dies beruflich ausübten dazu, die Hufe meiner Pferde selbst zu bearbeiten. Und als ich drohte in meiner Arbeit mit Menschen und Pferden auf einen Weg abzudriften, auf dem es maßgeblich darum ging, die Technik des Reitens zu vermitteln, war es ebenfalls Lloyd, der anfänglich die Mitarbeit mit bestimmten Menschen durch Stehenbleiben im Unterricht verweigerte und sich - als ich es auf diese Weise noch nicht akzeptieren konnte - eine Verletzung am linken Vorderbein zuzog, die ihn für drei Wochen lahmlegte. Dies ließ mich schlagartig die Konsequenz ziehen, die Arbeitsweise mit meinen Pferden völlig zu überdenken. Doch seine Verletzung stand in noch viel höherem Maße für den Stillstand in mir selbst. Er hatte an meiner Stelle eine körperliche Einschränkung auf sich genommen um mich zum Innehalten zu zwingen.

Parallel zu meiner Unterrichtserteilung hatte ich angefangen mich mit alternativen Behandlungsmethoden bei Pferden zu beschäftigen. In dieser Zeit begegnete ich einem Mann, der dies beruflich ausübte und sich ab dem Tag unserer ersten

Begegnung als mein wegweisendes Vorbild verstand. Vieles von dem was er sagte und die Art und Weise seiner Behandlung faszinierten mich. Er schien den Pferden zu helfen und da es auch mein Wunsch war zu helfen, wollte ich von ihm lernen. Ich begleitete ihn zu verschiedenen Behandlungen und durfte im Laufe der Zeit auch hin und wieder unterstützend in seine Behandlungen einwirken. Ohne damals wirklich zu wissen, was im Einzelnen vor sich ging und was mein Anteil daran war, erfüllte es mich mit einer Form von Stolz. Ich fühlte mich ernst genommen und befähigt. Und ich merkte nicht, dass der Stolz und die Anerkennung die Pforte waren zu dem Abgrund der sich unter mir auftat. Immer war es mein Wunsch gewesen anderen Tieren und Menschen zu helfen und nun hatte ich endlich einen Weg beschritten, der mir diesen Wunsch erfüllen könnte.

Eines Morgens machte ich mich auf den Weg zu einem Treffen mit dem Mann und einer Bekannten von ihm. Es war eine junge Frau mit der er mich gerne bekanntmachen wollte, eine seiner „Jüngerinnen“ wie er sich manchmal scherzhaft ausdrückte. Unbemerkt und unausgesprochen war ich ebendas auch längst für ihn geworden. Die Autofahrt zu dem Ort der Verabredung betrug knapp drei Stunden. Zehn Minuten vor der Ankunft bekam ich einen Anruf meiner Freundin, die bei uns auf dem Hof lebte und mir half die Pferde zu versorgen. Sie klang besorgt und ich fragte sie, was passiert sei. Dann erzählte sie mir, dass Lloyd nur noch auf drei Beinen stand, als sie ihn auf dem Paddock stehen sah. Und in einiger Entfernung habe die Heuraufe gestanden, die an einer Stelle ziemlich eingedellt sei. Kurz vorher hätte sie nur gehört, dass Pferdehufe an Metall geschlagen haben und dann hätte sie Lloyd vorgefunden. Ich fragte sie, was sie sähe und ob es nötig sei einen Tierarzt kommen zu lassen. Sie stockte kurz und sagte, dass es ihres Eindrucks nach besser sei, wenn ich umgehend nach Hause komme. In diesem Moment spürte ich, dass es sich nicht um eine harmlose Verletzung handelte. Lloyd hatte einen Weg gesucht, um mich auf meinem Weg anzuhalten. Und er war bereit dafür zu sterben, um es mir begreiflich zu machen. Er war bereit zu sterben, damit ich endlich anfangen konnte zu leben. Als ich ihn antraf belastete er sein rechtes Vorderbein nur noch minimal und es war sofort ersichtlich, dass er sich eine massive Verletzung im Inneren seines Hufes zugezogen hatte. Da es immer wieder vorgekommen war, dass er an der Heuraufe mit anderen Pferden rangelte und dabei auch stieg um seine Position als Chef der Herde zu demonstrieren, musste es währenddessen passiert sein. Der Blick auf die Heuraufe und der Zustand seines Beines ließen nur den Schluss zu, dass er sich beim Steigen mit seinem Bein in der Raufe verfangen haben musste, und diese dann in Panik eine weite Strecke hinter sich hergezogen hatte. Sein Blick durchdrang mich mit der Aufforderung eine Entscheidung zu treffen und zu handeln. Ich wusste, dass es Lloyds Ende bedeuten würde einen Tierarzt zu rufen. Er würde mir in aller Sachlichkeit darlegen, dass die Verletzung im Inneren des Hufes irreparabel ist und somit keine Überlebenschance für Lloyd bestehen würde. In mir wuchs die Gewissheit, dass Lloyd nur eine Chance hatte zu überleben. Diese Chance bestand allein in mir. In meinem Glauben und Vertrauen darauf, etwas zwischen Himmel und Erde in Bewegung setzen zu können, was sich außerhalb meines Verstandes abspielt. Einige Male hatte ich Behandlungen beigewohnt und teilweise auch unterstützend eingewirkt, in denen Pferde durch das bloße Auflegen der Hände nach einer gewissen Zeit eine Veränderung in ihrer Symptomatik oder ihrem Verhalten zeigten. Vieles konnte ich verstandestechnisch nicht nachvollziehen, aber ich fühlte, dass etwas vor sich ging, was einen heilenden Prozess in Gang setzte. Diese Möglichkeit für mich und aus mir selbst heraus in Anspruch zu nehmen, ohne zu wissen, was die Konsequenz daraus sein würde, war meine letzte Hoffnung. Ich sah Lloyd an und bedankte mich bei ihm. Ich bedankte mich für das Opfer das er durch sich selbst gebracht hatte, um mich erkennen zu lassen, auf welchem Irrweg ich mich befand. Der Wunsch zu heilen war aus dem Wunsch nach Anerkennung und Genugtuung geboren, und ich hatte bis zu diesem Punkt nicht realisiert, dass ich einzig und allein auf der Suche nach Heilung für mich selbst war. Das wärmende Feuer und die Licht und Klarheit bringende Sonne, für die Lloyd zeitlebens in mir gestanden hatte, drohten zu erlöschen. Und mit der Kraft, die dieser Sonne trotz allem was passiert war noch zur Verfügung stand, forderte sie mich ein letztes Mal dazu auf, für mich und aus mir heraus zu strahlen und allein dadurch

Heilung zu bewirken. Für Lloyd und damit für mich selbst.

Der Weg in Begleitung des Mannes, dessen Fähigkeiten ich mir zu eigen machen wollte, war schlagartig beendet. Die Menschen, die mich in Anspruch genommen hatten um einfach nur Reiten zu lernen, ohne sich mit dem tieferen Sinn der Beziehung zwischen Pferd und Mensch auseinandersetzen zu wollen, verschwanden aus meinem Leben. Und in der Beziehung zwischen Lloyd und mir eröffneten sich neue Dimensionen. Nachdem seine Verletzung einige Wochen später verheilt war und ich verinnerlicht hatte, warum sich all das in meinem Leben hatte zutragen müssen, beschritt ich im Zusammensein mit den Pferden neue Wege. Ich hörte auf zu Reiten und begann mich tragen zu lassen. Ich wollte nicht länger auf einem Pferd sitzen, sondern mich in es hineinfallen lassen. Ich wollte endlich wieder das Kind sein dürfen, welches sich, ohne etwas beweisen zu müssen, im Zusammensein mit den Pferden einfach nur frei fühlt.

In all den Jahren, in denen Lloyd mich begleitet hatte, war seine innere Weisheit immer in Erscheinung getreten. Er war sich seiner Aufgabe bewusst und nahm diese sehr umfassend wahr. Er zeigte sich als der König, der in ruhevoller Sanftheit all jene beschützte, die seines Schutzes bedurften. Jeder Mensch, der sich an seine Seite begab, wurde in friedvoller Gnadenlosigkeit mit seinem Innersten konfrontiert. Jene, die versuchten sich durch ihn zu erhöhen, erlebten ernüchternde Abstiege in ihre egoistischen Abgründe. Und jene, die sich ihm anvertrauten und die ihr Wesen bereitwillig offenlegten, erstrahlten durch sein Licht und seine Würde. An seiner Seite war es keinem Menschen möglich, seinen Schein aufrecht zu erhalten. Sein Strahlen durchleuchtete jeden Winkel des Seins.

Alles was ich mir noch wünschte, war mit dieser Kraft zu verschmelzen. Ich wollte sie in mir beleben, frei von allen Zwängen oder Einschränkungen. Und dann entschied ich eines Tages, ihn von der Koppel zu holen, ihm nur ein Seil um den Hals zu legen und in den Wald zu reiten. Sein Strahlen wurde zu meinem und bahnte sich den Weg durch alle Fasern meiner Seele. Was auch immer vor uns liegen würde, ich wusste und spürte, dass es nichts mehr zu befürchten gab. Je tiefer ich mit Lloyd in den Wald ritt, desto mehr verstummten meine Gedanken. Das Kind in mir spürte, dass es die Erlaubnis bekommen hatte, aus seinem Versteck herauszutreten und sich wieder lebendig zu fühlen. Lloyd und ich erreichten einen lang gezogenen Weg, der sich in großen Bögen auf den Gipfel des waldbedeckten Hügels schlängelte. Zurückversetzt in all die Erinnerungen, die ich als Kind an der Seite der Pferde und auf ihrem Rücken hatte machen dürfen, spürte ich, wie frei ich mich plötzlich fühlte. All die Pferde hatten meiner Seele das Fliegen gelehrt und mein Streben nach Anerkennung hatte es mich im Laufe der Jahre fast vergessen lassen. Das Kind in mir war mit den Pferden immer nur um seiner selbst willen zusammen. Sein Wissen um die Freiheit und Selbstlosigkeit im Beisein der Pferde nahm es mit in sein Versteck. Ich horchte in mich hinein, nahm endlich wieder Kontakt zu diesem Kind in mir auf und fragte es, wie sie sich angefühlt hatte. Die Freiheit. Dann griff meine Hand in Lloyd's Mähne und eine leise Stimme flüsterte aus meinem Innersten in sein Ohr: „Lauf". Die letzten Reste des roten Fadens, die Lloyd einst gefesselt hatten, lösten sich von seinen Beinen und er trug mich zu den Sternen.

Lloyd konfrontierte mich in seinem ganzen Dasein von Beginn an mit der in mir wohnenden Lebens- und Entscheidungskraft. Und er zeigte mir in aller Deutlichkeit die Konsequenzen, wenn ich diese Kraft verleugnete und drohte, meinen Weg zu verlassen. Seine Konfrontation war gnadenlos, doch der Lohn war die Teilhabe an seiner unendlichen Weisheit.

Kiowa

Kiowa, eine sehr ausdruckstarke und wunderschöne Tinkerstute trat als zweites Pferd in mein Leben, aber ich war nur die Brücke, die sie überschreiten musste, um an ihren eigentlichen Platz zu kommen. Eine Freundin von mir hatte sich darauf eingelassen, sich als Reitbeteiligung gemeinsam mit mir um Kiowa zu kümmern. Sie stand in dem Stall, in den ich nach dem Kauf von Lloyd umgezogen war. In diesem Stall lernte ich meine spätere Freundin als Reitschülerin kennen. Zwischen uns war schnell und unausgesprochen klar, dass unser beider Wege sich nicht nur gekreuzt hatten, damit sie durch meinen Unterricht Reiten lernt. Wir begegneten uns, damit sie den

Weg zurück zu den Pferden findet und durch Kiowa zu leben lernte. Kiowa war die Mutter, auf die sie Zeit ihres Daseins gewartet hatte. Sie war ihre Kraft und Verankerung und das Seil, an dem sie sich Schritt für Schritt zurück ins Leben ziehen konnte.

Kurz nachdem sie die Bereitschaft entwickelt hatte, Kiowa als Pflegepferd zu übernehmen, wuchs in ihr stetig der Wunsch, sie als eigenes Pferd ganz an ihre Seite zu holen. Ihre anfängliche Unsicherheit im Umgang mit ihr und ihre Sorge, es alleine nicht zu schaffen, ließen uns zu der Entscheidung kommen, Kiowa gemeinsam zu übernehmen. Lloyd und Kiowa hatten uns in ihrem Verhalten zueinander schon vom ersten Moment an zu verstehen gegeben, dass sie zusammengehören. Nachdem wir Kiowa gekauft hatten, verließen wir kurze Zeit später den Stall und suchten uns einen Ort, an dem die Pferde ein schöneres Leben haben sollten.

In dieser Zeit traten einige weitere Pferde in mein Leben und ich baute mir allmählich einen festen Stamm an Schülern auf, denen ich Reitunterricht erteilte. Lloyd und Kiowa konnten die Menge an

Schülern alleine nicht mehr abdecken. Lloyd nicht, da er für viele, vor allem jüngere Kinder, zu groß war und Kiowa nicht, da sie gesundheitlich beeinträchtigt war. Schon seit vielen Jahren hatte sie Schwierigkeiten durch eine chronische Atemwegserkrankung. Gegen die Überzeugung meiner Freundin versuchte ich Kiowa so oft es möglich war im Unterricht einzusetzen, um sie in Bewegung zu halten und dadurch den Schleim in ihren Lungen zu lockern. Sie bemutterte Kiowa in einer Art und Weise, wie sie es sich zeitlebens für sich selbst gewünscht hätte. Keine Behandlungsmethode wurde ausgelassen und nichts war ihr zu teuer, solange es ihr die Hoffnung gab, Kiowa dadurch Linderung zu verschaffen. Kiowa musste unter allen Umständen am Leben gehalten werden. Der Halt, den sie durch sie erfahren hatte, war alles, was ihrem Leben wieder Sinn verlieh. Durch Kiowa's Begleitung wendete sie sich wieder dem Leben zu. Kiowa's Gesundheitszustand verschlechterte sich rapide und da meine Freundin und ich einen vollkommen gegensätzlichen Blick auf Kiowa hatten, der unsere Beziehung zueinander immer mehr gefährdete, übergab ich ihr Kiowa ganz. Unsere Freundschaft nahm damit ein vorläufiges Ende. Kiowa war ihre

Kraftquelle geworden, für die sie bereit war alles zu geben und aufzugeben. Dass ich mich nicht gleichermaßen an Kiowa's Behandlung beteiligte, empfand sie als Verrat. Sie warf mir vor, die Pferde nicht ausreichend medizinisch zu versorgen und die Augen vor den sich zeigenden Problematiken zu verschließen. All meine Versuche ihr zu erklären, dass es um weit mehr geht, als darum, einen Körper mit aller Gewalt am Leben zu erhalten, liefen ins Leere. Sie war so tief gefangen in der Angst Kiowa zu verlieren, dass sie nicht bereit war, sich die zugrundeliegende Ursache von Kiowa‘s Erkrankung und ihren bevorstehenden Tod anzusehen. Sie wollte und konnte nicht sehen, dass sie noch einmal die Erfahrung davon würde machen müssen, die Mütterlichkeit zu verlieren, die durch Kiowa in ihr Leben gekommen war. Sie würde sie in dem Moment verlieren, in dem sie sich für die Erfahrung geöffnet hatte, getragen und behütet zu sein. In und durch sich selbst.

Kiowa hatte sie ein Stück ihres Lebensweges begleitet, um sie spüren zu lassen, von einer mütterlichen Kraft behütet zu sein. Sie hatte sie bis zu dem Punkt begleitet, an dem sie die Bereitschaft in sich entwickelt hatte, diese Kraft mehr und mehr aus sich selbst heraus zu ziehen. Auf Kiowa‘s Rücken hatte sie sich endlich getragen gefühlt. In ihrem Atem gewärmt, in ihrer Mähne verwoben und in Sicherheit gewiegt. Kiowa war in ihr Leben getreten, weil sie gebraucht wurde.

Wir gingen uns lange Zeit aus dem Weg, versuchten mit unseren uns gegenseitig zugefügten Verletzungen umzugehen. Erst als Kiowa‘s Tod unmittelbar bevorstand, nahm meine Freundin wieder Kontakt zu mir auf. Kiowa und meine Pferde standen noch immer in dem gemeinsamen Stall und trotzdem war es uns gelungen, uns nahezu gänzlich aus dem Weg zu gehen.

Sie ließ mich wissen, dass nicht sicher sei, wie lange Kiowa noch leben würde, da sie aufgehört habe, auf die Medikamentengaben anzusprechen. Ich machte mich auf den Weg zu dem Stall und als ich Kiowa in ihrer Box stehen sah, wusste ich, dass sie diesen Tag nicht überleben würde. Ihre Atmung war sehr schwerfällig, ihr Blick hatte sich schon auf die Reise in andere Welten gemacht. Sie hatte ihren Körper zurückgelassen, damit wir uns durch ihn von ihr verabschieden konnten, aber ihre Seele hatte ihn längst verlassen. Als der Tierarzt eintraf führten wir sie gemeinsam zu einem Platz, an dem sie noch ein letztes Mal den Atem ihres hiesigen Lebens in sich aufnehmen konnte. Es war ein kleiner Platz, der an das Gelände des Stalls angrenzte und eine Reihe riesiger und uralter Bäume umfasste ihn.

Der Tierarzt erklärte uns Schritt für Schritt was er nun tun würde und wie sich das auf Kiowa‘s Verhalten auswirken wird. Es wirkte wie ein hilfloser Versuch, den Moment der Stille und Verabschiedung durch ein anteilnehmendes Gespräch erträglicher zu machen. Der Tod lässt sich nicht erklären. Die Erfahrung, wenn der Körper eines Pferdes unter der Betäubung und Gabe des Giftes sich noch einmal aufbäumt und dann in sich zusammenbricht, lässt sich kaum in Worte fassen. Kiowa starb in der Kraft und Schönheit in der sie gelebt hatte.

Nova

Als die Nachfrage nach meinem Unterricht stetig wuchs, entschloss ich mich, noch ein weiteres

Pferd zu kaufen, welches mir von einer Bekannten angeboten worden war. Es handelte sich um eine dreijährige Ponymix-Stute namens Nova. Sie wurde günstig abgegeben, da die Besitzer mit ihr überfordert waren und das Gefühl hatten, ihr in ihrem Wesen nicht gerecht zu werden. Als ich zu ihrem Stall fuhr, um sie mir anzusehen und sie ihr Heu desinteressiert liegen ließ, um direkt zu mir zu kommen und lange Zeit einfach nur bei mir zu stehen, war die Entscheidung, sie zu übernehmen, ohne Zögern getroffen.

Nie wieder habe ich ein Pferd erlebt wie Nova. Als ich anfing sie auszubilden wurde mir schnell klar, warum die Vorbesitzer sie nicht behalten wollten: bei dem Versuch sie zu Longieren drehte sie in aller Regelmäßigkeit nach Innen ab, legte die Ohren an, bleckte die Zähne, stieg und ließ nichts unversucht, um mich anzugreifen. Das passierte in der Regel so schnell, dass es an ein Wunder grenzt, dass ich dabei nie verletzt wurde. Nova forderte mich in einer Vehemenz heraus, mit ihr zu kämpfen, die mich immer wieder in Staunen versetzte. Mein Plan, sie im Unterricht zur Entlastung von Lloyd einzusetzen, löste sich schnell in Luft auf.

Zu Beginn war ich der einzige Mensch, mit dem Nova zumindest einigermaßen kooperierte, wobei es selten wirklich entspannt zwischen uns ablief. Jeder Moment, den ich anfangs mit Nova verbrachte, erforderte absolute Wachsamkeit und konsequentes Handeln meinerseits. Sie ließ mich von Beginn an spüren, dass sie sich von mir niemals zu irgendetwas würde zwingen lassen und es meine Aufgabe ist, einen Weg zu finden, den wir gemeinsam beschreiten können.

Als sie einigermaßen eingeritten war, fing ich an, sie hin und wieder im Reitunterricht einzusetzen und musste schnell feststellen und akzeptieren, dass sie selbst entschied, wen sie bereit war zu tragen. Inzwischen sehe ich, dass es nur zwei Menschen außer mir waren und verstehe, warum das so war. Es gab zwei Reitschülerinnen von mir, die Nova in der Art und Weise wie sie sich verhielt liebten und akzeptierten. Zum Teil hatten sie, wenn auch unbewusst, im Umgang und der Auseinandersetzung mit Nova die Chance zur persönlichen Entwicklung, indem sie sich ihr gegenüber immer wieder neu behaupten mussten. Nova war ein Spiegel für sie, in welchem sie ihr selbstsicheres und kämpferisches Verhalten, welches die darunter verborgenen Sensibilität überspielte, betrachten konnten. Sie konnten sich ineinander erkennen und durch das Einlassen aufeinander wachsen.

Nichts Anderes tat ich, solange Nova an meiner Seite lebte. Ich liebte sie für ihre Unbeugsamkeit und ihren unfassbar starken Drang nach Freiheit und in jedem Kampf mit ihr, kämpfte ich unbewusst gegen den Teil in mir, der eben das ausleben wollte. Ich sah diesen Teil in mir und es machte mir Angst, ihm mehr Raum zuzugestehen. Schließlich hatte ich Zeit meines Lebens mehr oder weniger lernen müssen, mich anzupassen und nicht immer mit allen Mitteln das durchzusetzen, was ich mir in den Kopf gesetzt hatte.

Nova war, von außen betrachtet, das ungeeignetste Pferd zum Unterrichten, da sie alle Menschen mit denen sie nicht gewillt war zu arbeiten oder die ihr in irgendeiner Weise nicht gewachsen waren, zu Boden schmiss oder an der Reithallenbande abstreifte. So konzentrierte sich der Unterricht mit ihr auf meine beiden Schülerinnen, deren Herzen an ihr hingen und den Rest verteilte ich notgedrungen auf Lloyd.

Auf Grund ihres Verhaltens, das immer von einer subtilen Unruhe durchzogen war, entschied ich mich, sie für ein paar Monate zu einer Bekannten zu bringen und sie dort von ihrem Hengst decken zu lassen. Meine Hoffnung war, dass sie durch ein Fohlen und die Erfahrung der Mutterschaft ein bisschen mehr zu innerer Ruhe finden würde. Sie stand für drei Monate bei dem Hengst und nach all den Beschreibungen meiner Bekannten war das vielleicht die Zeit in ihrem Leben, die ihrem Wesen am meisten entsprach. Niemand stellte Anforderungen an sie, sie verstand sich blendend mit dem Hengst und konnte einfach nur Pferd sein.

Eines frühen Morgens bekam ich von meiner Bekannten einen Anruf mit einer Nachricht auf meiner Mailbox und der dringenden Bitte um Rückruf. Etwas verwundert über die frühe Uhrzeit, aber nichts Schlimmeres erwartend rief ich sie zurück. Sie hörte sich etwas seltsam an, rang nach den richtigen Worten und sagte mir schließlich ohne weitere Umschweife, dass Nova gestorben sei. Hätte es der Ton in ihrer Stimme nicht angekündigt, hätte ich es nicht glauben können. Die Situation war unwirklich für mich, war Nova doch Zeit ihres Lebens immer kerngesund gewesen.

Erst als meine Bekannte anfing detaillierter zu erzählen, wie sich alles zugetragen hatte, realisierte ich nach und nach, dass sie wirklich gestorben war. Als sie morgens aus der Box geholt wurde, um mit dem Hengst auf die Weide gestellt zu werden, sei sie total geschwitzt gewesen. Mit Verdacht auf einen Kreislaufkollaps oder eine Kolik brachten sie Nova in eine kleine Halle, um sich ein besseres Bild ihres Gesamtzustandes machen zu können. Dort lief sie noch eine Runde und kurz bevor der Tierarzt am Hof eintraf legte sie sich zu Boden, ließ den Kopf zur Seite sinken und starb.

Noch am Vortag ihres Todes hatte der Tierarzt sie untersucht, um festzustellen, ob sie von dem Hengst tragend war. Sie hatte nicht aufgenommen, war aber gesundheitlich in einem einwandfreien Zustand. Nach anfänglichem Schock über ihren Tod fiel mir auf, dass ich mich genau zu diesem Zeitpunkt mit der Frage auseinandergesetzt hatte, ob ich noch ein weiteres Kind bekommen wollte. Meine innere Auseinandersetzung mit dieser Frage wurde durch den Tod von Nova im Außen in aller Klarheit beantwortet. Ein drittes Kind wäre nur eine weitere willkommene Ablenkung von mir selbst, meinen Themen und der Konfrontation mit diesen gewesen.

So sehr der Verlust von Nova mich im ersten Moment schmerzte, so dankbar war ich dennoch für die Entscheidung, die ich durch ihren Tod für mich treffen konnte. Als Nova, die mir in ihrem Verhalten auf besondere Weise entsprochen hatte, starb, stellte ich mir zum ersten Mal im Zusammenleben mit meinen Pferden die Frage, in welcher wirklichen Verbindung sie zu mir stehen. Nova stand für den Aspekt in mir, der sich seinen Platz im Leben auf absolut sture, kämpferische und unbeugsame Art und Weise glaubte behaupten zu müssen. Sie stand für den Aspekt in mir, der nicht bereit war Kompromisse einzugehen und sich von irgendetwas überzeugen zu lassen, was meinem Wesen nicht entsprach.

Als Nova starb konnte ich mich durch ihren Tod sinnbildlich von den Aspekten in mir verabschieden, für die sie größtenteils gestanden hatte. Ich spürte, wie viel Energie mich meine sture und kämpferische Haltung zeitlebens gekostet hatte und fühlte mich bereit, diese Haltung endlich fallen zu lassen. Durch den Tod von Nova konnte ich plötzlich so vieles über mich verstehen und erkennen, welche Verbindungen die Ereignisse meines Lebens zueinander hatten.

Dass mit dem Erkennen der Zusammenhänge die eigentliche Arbeit an mir und meinem Prozess überhaupt erst beginnen sollte, war mir zu diesem Zeitpunkt noch nicht bewusst. Gerne hätte ich, meinem ungeduldigen Gemüt zum Dank, augenblicklich einen neuen Menschen im Spiegel betrachtet, der sich von allen Altlasten befreit hat. Immer wieder ertappte ich mich hingegen dabei, wie ich in mein „altes“ Verhalten zurückfiel und mir selbst gegenüber zu allem Überfluss in diesen Momenten genervt und vorwurfsvoll begegnete.

Novas Tod war eine der vielen einschneidenden Erfahrungen, die ich in Begleitung der Pferde machen durfte. Erlebnisse, die meinem Erfahrungsraum immer neue Dimensionen eröffneten und mich immer tiefer in die Beziehung zwischen Pferd und Mensch blicken ließen. Schon lange war der Kindheitstraum von einem Leben mit Pferden einer Realität gewichen, die alles sprengte, was ich mir je darunter hätte vorstellen können. Als ich mich an dem Punkt in meinem Leben wähnte, alles richtig gemacht zu haben, trat der gnadenloseste Meister in mein Leben.

Josh

Josh brachte alles in mir zu Fall, um mich dann - geläutert - aufzufordern, mich aus mir selbst heraus neu zu erfinden. Er fasste alles, was ich je geglaubt hatte zu sein, in einem Bündel zusammen, ließ es mich noch einmal betrachten und zerschmetterte es. Josh war in mein Leben getreten, um mich vor mir selbst zu retten und durch ihn in Kontakt mit meiner innersten Wahrheit zu treten. Und er tat dies in einer von Liebe durchtränkten Gnadenlosigkeit, die mir nur eine Wahl ließ: Leben oder sterben.

Obwohl ich nur ein wenig aussagekräftiges Bild von Josh in der Verkaufsanzeige im Internet gesehen hatte wusste ich, dass er an meine Seite gehört. Ich machte mich auf den Weg zu der Bekannten, die ihn kurze Zeit vorher aus England geholt und auf ihrer Internetseite zum Verkauf angeboten hatte. Ohne ihn gesehen zu haben sagte ich ihr schon am Telefon zu, dass ich ihn auf jeden Fall kaufen würde. Als ich an dem Stall angekommen war, stand er schon vorbereitet für einen Proberitt in der Stallgasse. Meine Bekannte nahm mich zur Seite und sagte mir, dass sie ehrlich zu mir sein müsste. Sie sagte, dass Josh ein unberechenbares und gefährliches Pferd sei und sie sei geneigt, ihn zurück nach England zu bringen. Sie könne es nicht verantworten ihn in diesem Zustand zu verkaufen. Das Problem bei ihm sei, dass sich irgendwann ein Schalter umlegt, der ihn unkontrollierbar werden lässt. Sie hätte große Sorge, dass er in diesem Zustand irgendwann einen Menschen umbringt.

Ich hörte mir an, was sie sagte, war aber längst entschieden, Josh zu übernehmen. Ihren Warnungen zum Trotz, bat ich darum, ihn noch einmal kurz zu reiten, um ein Gefühl für ihn und dafür zu bekommen, wovon sie gesprochen hatte. Er war etwas unruhig als ich aufstieg, blieb aber während des Reitens relativ entspannt und kontrollierbar. Als ich auf seinem Rücken saß wurde der Hauch dessen spürbar, was sich erst im Laufe unserer Beziehung offenbaren würde.

Zwei Wochen nachdem ich ihn Probe geritten war und den Kauf abgewickelt hatte, wurde Josh zu mir gebracht. Ich ließ ihm genügend Zeit, um sich an sein neues Leben zu gewöhnen und fasste dann den Entschluss, allmählich anzufangen mit ihm zu arbeiten. Mein Ziel war es, all seine traumatischen Erfahrungen nach und nach aufzulösen. Sein Ziel war es, mich mit meiner traumatischsten Erfahrung zu konfrontieren.

Mein Leben war durchzogen von vielen sogenannten schwierigen und schwer händelbaren Pferden, Josh somit eine weitere Herausforderung für mich. Der Tag, an dem ich entschied, mich erneut auf seinen Rücken zu setzen, um neue Wege mit ihm einzuschlagen, war der Tag, an dem Josh vieles in mir tötete. Meinen Stolz. Meinen Streben nach Anerkennung. Meinen Hochmut. Und auf den Gräsern des Friedhofes, auf dem all das begraben lag, eröffnete sich allmählich ein Weg, den wir fortan in Richtung Wahrhaftigkeit gemeinsam beschreiten konnten.

Ich ging mit ihm in die Reithalle, saß auf und ritt in einem relativ entspannten Schritt los. Zu Beginn fühlte sich alles so an, als würde es ähnlich komplikationslos ablaufen wie bei unserer ersten Begegnung. Er lief ein paar Runden im Schritt und plötzlich spürte ich, dass er etwas unruhiger wurde. Um ihn besser kontrollieren zu können, fasste ich die Zügel ein kleines bisschen kürzer und legte damit den angekündigten Schalter um. Josh riss kurz den Kopf in die Höhe, dann senkte er ihn ab, biss seine Zähne zusammen und rannte los. Mir blieb keine Zeit zu realisieren, dass ich schlagartig die Kontrolle über ihn und die ganze Situation verloren hatte. Die Geschwindigkeit in der er, in Panik gefangen, seine Runden in der Halle drehte, ließen meine Wahrnehmung vollkommen verschwimmen. Seine Panik war meine. Ich spürte seine Todesangst in jedem meiner Herzschläge und in mir wuchs die Gewissheit, dass es tödlich für mich enden könnte, wenn ich in diesem Tempo von ihm abstürzen würde.

Meine körperlichen Kräfte schwanden immer mehr und ich versuchte meinen Geist wieder in eine Klarheit zu bringen, aus der heraus ich fähig sein würde, eine Entscheidung zu treffen. Die Bande der Reithalle war aus Stein gemauert und mit Holzlatten verschalt. Wenn ich den Punkt abwarten würde, bis ich völlig entkräftet von Josh stürzen und womöglich mit dem Kopf gegen die Bande schlagen würde, wäre mein Leben beendet. Und so versuchte ich mit letzter Kraft einen Punkt zu suchen, an dem ich versuchen würde einigermaßen kontrolliert abzuspringen. Darin sah ich meine einzige Chance zwar verletzt, aber lebend dem Geschehen ein Ende zu setzen. Als Josh sich in die Kurve legte nahm ich meine Füße aus den Steigbügeln und sprang mit letzter Kraft von ihm ab. Ich fiel zu Boden und blieb dort liegen, da ich mein rechtes Bein nicht mehr richtig bewegen konnte und sah, dass Josh sofort anhielt und auf mich zugelaufen kam. Wir blickten einander an und durch den Schleier meiner Tränen sah ich seinen von Schmerz und Angst erfüllten Körper. Er hatte sich in seiner tiefsten Panik offenbart, um mich mit meinem Innersten zu konfrontieren. Sein körperlicher Ausdruck wurde im

Moment meines Absturzes der Weg in die tiefsten Abgründe meiner Seele.

Mir wurde immer bewusster, dass er als Ausdruck dessen, was ich im Innersten bin, in mein Leben gekommen war. Auf der Flucht vor mir selbst. Vor all dem, was ich im Kern meines Seins bin und was ich im Laufe meines Lebens immer tiefer in die dunklen Winkel meiner Seele verdrängt hatte. Das, was ich bin - was ich immer gewesen war - wartete nur darauf durch mich gesehen und gelebt zu werden. Doch all meine Ängste hatten mir die Wege dahin abgeschnitten. Die Erfahrung mit Josh hatte mich an den Punkt gebracht, an dem ich dem Tod in die Augen sehen konnte, um darin das Leben zu erkennen. Ich begegnete dem bevorstehenden Tod meines lebenslang gefütterten Egos, was noch einmal mit aller Gewalt jeden Raum in mir ausfüllte.

Bis zu dem Moment meines Sturzes von Josh hatte ich ihn als äußerst sensibles und unter ständiger Anspannung stehendes Pferd erlebt. Jede hektische Bewegung von mir setzte ihn massiv unter Stress und dadurch war mein Umgang mit ihm geprägt von äußerster Achtsamkeit. Doch diese blockierte bis zu einem gewissen Punkt die am Anschlag stehende Angst, die nur darauf wartete in all ihrer Gewaltigkeit auszubrechen und alles in den Abgrund zu reißen. Als es durch meinen Sturz zu diesem Ausbruch kam, blickte ich in den Abgrund, aber eine Erkenntnis verhinderte, dass ich in ihn stürzte. Es war die Erkenntnis, dass dieser Moment gekommen war, um mich mit meinen tiefsten Abgründen zu konfrontieren, um zu sehen und zu verstehen. Ich musste mich in nie dagewesener Klarheit entscheiden, ob ich fortan für die Wirkung nach außen leben und handeln wollte und alles zur Anwendung bringe, was ich zum Thema Beziehung zwischen Pferd und Mensch gelernt hatte oder endlich den Weg nach Innen antrete. Die Beziehungen zu Josh und allen anderen Pferden in meinem Leben offenbarten sich als die Brücke zu mir selbst. Erst in der Erfahrung der Todesangst, in die Josh mich begleitet hatte und in der alles an Bedeutung verlor, wuchs in mir die Kraft für die Entscheidung, mich mir selbst zuzuwenden.

Nach dem Sturz von Josh beschloss ich, ihn nicht mehr zu reiten. Er erschien mir zu zerbrechlich und schützenswert und ich wollte ihm alle Zeit lassen, um körperlich wie seelisch zu heilen. Er war nicht in mein Leben gekommen, damit ich mich durch ihn erhöht fühlen und mein Ego füttern konnte, in dem ich wieder einmal unter Beweis stellte, dass ich selbst die gefährlichsten Pferde bändigen konnte. All diese Ansprüche an mich selbst, die daraus geboren waren, im Zusammensein mit Pferden besonders begabt zu sein und dafür anerkannt zu werden, stürzten in den Abgrund, vor dem meine Seele im letzten Moment Halt machte. Die Situation mit Josh ließ mir nur die Wahl weiterhin jeden Moment ein bisschen mehr zu sterben, indem ich mich meinen egogeleiteten Handlungen hingab oder endlich anzufangen zu leben. Ich entschied mich zu leben und erst nach und nach erfuhr ich, was das wirklich zu bedeuten hatte.

In den folgenden Jahren nach meinem Sturz von Josh war mein einziger Wunsch, ihm im Zusammensein mit mir wieder vollkommenes Vertrauen zu vermitteln. Und nach und nach begriff und spürte ich, dass es im Grunde nur darum ging, dass ich die Bereitschaft entwickelte, mir selbst zu vertrauen. Ich war es, die in der Konfrontation mit meinem Innersten, nach Heilung suchte. Als sich das Vertrauen zwischen Josh und mir wieder bis zu einem gewissen Grad aufgebaut und gefestigt hatte, wagte ich es, ihn nach und nach erneut mit traumatisierenden Momenten zu konfrontieren, um in der Folge einen Heilungsprozess in Gang zu setzen.

Parallel zu der Aufarbeitung und Heilung von Josh's tiefsitzenden und panikauslösenden Erfahrungen, widmete ich mich meinen eigenen innewohnenden Blockaden und festgefahrenen Glaubenssätzen. Ich wollte meinen Ängsten immer mehr auf den Grund gehen, mich ihnen gegenüberstellen und ihrem Kern auf den Grund gehen. Zu oft hatten sie mich daran gehindert, die Freude und Glückseligkeit des Lebens einzuatmen. Ich hatte Türme dunkler Schatten in meinem Inneren errichtet, hinter denen ich mich aus Angst vor dem Licht verstecken konnte. Dem Licht in mir. Je tiefer ich zu meinem Kern vordrang, desto mehr offenbarte sich, dass alles was darin verborgen war nur darauf wartete gelebt zu werden. Sich dem Leben vertrauensvoll hingebend und befreit von all den Ängsten, die sich als blockierende Steine auf meinem Lebensweg ausgebreitet hatten.

Der weitere Weg von Josh und mir gestaltete sich immer hingebungsvoller in dem Maße, in dem die Ängste nachließen. Es entwickelte sich ein unsichtbares Band zwischen uns, das uns ermöglichte, unser Gefühl zueinander spürbar werden zu lassen. Je mehr Blockaden sich bei Josh lösten, desto sanftmütiger und großherziger zeigte er sich in seinem Wesen. In den Jahren, in denen ich mich im Zusammensein mit ihm nur noch dem Kern unserer Beziehung und dem Aufbau des Vertrauens widmete, begann Josh für unzählige Menschen als heilsamer Begleiter in Erscheinung zu treten. Menschen, die zum Teil Todesangst in Gegenwart von Pferden verspürt hatten, konnten sich in seiner Nähe von diesen Ängsten lösen und ließen sich in seinen Umhang von Schutz und Liebe hüllen. Jeder Mensch, der sich an seine Seite begab, spürte für diesen Moment wie es sich anfühlt, wenn aus der Bereitschaft zaghaft zu vertrauen das Gefühl bedingungsloser Hingabe erwachsen kann.

Nachdem zwei Jahre vergangen waren breitete sich in mir der Wunsch aus, doch noch einmal auf Josh's Rücken zu steigen. Die Verbindung, die wir zueinander aufgebaut hatten, war inzwischen geprägt von unendlichem Vertrauen und wortlosem Verständnis. Er hatte mich durch den Sturz von ihm an den Punkt begleitet, zu entscheiden, mein Herz - das ich die längste Zeit meines Lebens in dunklen Ecken meiner Seele sich selbst überlassen hatte - endlich aufzuheben, aus dem Schatten herauszutreten und ins Licht zu führen. Er hatte mich aufgefordert mein Ego in den Abgrund zu stürzen und mein Herz aus diesem empor zu holen. Uns so war es mein Herz, das noch einmal den Wunsch formulierte von Josh getragen zu werden und nur noch eine blasse Erinnerung an all das, was sich zwischen uns ereignet hatte, ließ meinen Verstand für einen kurzen Moment zögern. Dieser kennt nur die Angst. Sie ist es, die sein Überleben sichert. Durch einen dichten Schleier konnte ich sie noch wahrnehmen - als eine Aneinanderreihung lebloser Bilder - aber sie hatten keine Kraft mehr, sich dem Wunsch meines Herzens, endlich kraftvoll zu schlagen und seine Lebendigkeit zu spüren, zu widersetzen.

Getragen von diesem Wunsch ging ich zu Josh und stieg auf. Alles in mir, das versuchte sich über den Verstand auszudrücken, indem es ängstigende Erinnerungen an die längst vergangenen Ereignisse hochkommen lassen wollte, verstummte. In mir war nur noch das Gefühl unendlichen Vertrauens und die Gewissheit, im Schutze unserer Verbindung getragen zu sein.

Ich ließ meine Gedanken zur Ruhe kommen, spürte nur meinen Körper und verschloss innerlich alle Räume, aus denen heraus Angst und Zweifel sich hätten ausbreiten können.

Josh ging los, ich sprach zu ihm und verbalisierte meinen Dank, von ihm getragen zu werden. Ohne darüber nachzudenken, was ich tue und wie es ausgehen würde, gab ich mich in diesem Moment völlig hin und legte all mein Vertrauen in Josh.

Nach einer längeren Schrittphase flüsterte ich „Trab“ in sein Ohr, woraufhin er sehr konzentriert und ruhig antrabte. Ich spürte meine körperliche Aufregung und leichte Anspannung. Es waren die abgespeicherten Erinnerungen an den Sturz, aber ich konnte sie ansehen, ohne mich davon vereinnahmen zu lassen. Der Sturz hatte mich die Erfahrung machen lassen, was im schlimmsten Fall passieren könnte. Würde es wieder dazu kommen, dass Josh in Panik gerät und losrennt, wäre ich jetzt darauf vorbereitet und würde schon viel früher abspringen. Mit dieser Option im Hinterkopf und einem unermesslich großen Vertrauen in Josh ritt ich weiter. Josh trabte, senkte zum ersten Mal als Zeichen seiner Entspannung seinen Kopf und schnaubte leise ab.

Ohne es bewusst geplant oder herausgefordert zu haben, galoppierte Josh plötzlich an. Und mit einem Mal breitete sich das Gefühl in mir aus, das ich hatte, als ich ihn Jahre zuvor zur Probe geritten war. Es war der pure, spürbare Ausdruck seiner gebündelten Energie, die damals noch verschüttet war unter den Trümmern seiner Angst. Ich spürte, wie er seinen Kopf und seine Schultern anhob und seine ganze Kraft nur noch auf eine ruhige Galoppbewegung konzentrierte. Im Laufe der Jahre hatte er all die Energie, die sich zeitlebens über sein panisches Verhalten ausgedrückt hatte, in etwas verwandelt, das seine Anmut und seine kraftvolle Würde zutage brachte. In diesem Moment konnte ich zum ersten Mal fühlen und wirklich verstehen, wonach der Mensch strebt, wenn er sich auf die Beziehung zu

Pferden einlässt. Er sucht nach dem Moment des Verschmelzens, wenn die gefühlte körperliche Trennung sich aufhebt.

Als Josh aufhörte zu galoppieren, hielt ich ihn augenblicklich an und stieg ab. Jeder weitere Augenblick auf ihm hätte dieses zerbrechliche Erlebnis zerstören können. Dieser Moment war so kostbar und er befreite uns beide.

Aus einem ehemals sehr in sich gekehrten und verunsicherten Pferd wurde eines, das anfing, ausgelassen mit anderen Pferden auf der Weide zu toben und immer mehr aufzublühen. In den seltenen Momenten, in denen ich Josh ritt, bekam ich oft die Rückmeldung anderer Menschen, dass er - während er geritten wird - ein völlig anderes Pferd sei. Ausdrucksstark, stolz und schön. Jede unserer gemeinsamen Erfahrungen erfüllte mich mit Dankbarkeit und Demut.

Josh hatte an einem bestimmten Punkt sein Leben in meine Hände gegeben und nach allem, was er erlebt haben muss, hätte er allen Grund dazu gehabt, sich nie wieder von einem Menschen anfassen zu lassen. Noch immer sehe ich ihn vor mir, mit seinen in Panik aufgerissenen Augen und seinen völlig zusammengekniffenen Nüstern. Immer auf der Flucht, bereit bei der kleinsten zu schnellen Handbewegung von mir sofort zur Seite zu springen. Völlig durchdrungen von Angst und Misstrauen. Die Menschen, die er zu Beginn seines Lebens kennengelernt hatte, gaben ihm offenbar genügend Gründe großes Misstrauen zu entwickeln.

Dies erkannte ich ihn ihm, denn ich erkannte es in mir. Auch ich war lange Zeit durchsetzt von Misstrauen, war immer wieder verletzt worden, wenn ich mich anvertraut hatte. Doch eine zarte Stimme in mir, die aus den Tiefen meines Seins zu mir sprach, erinnerte mich auch in Momenten größten Zweifels und Schmerzes daran, dass es etwas in mir gibt, an das es lohnt festzuhalten.

Schon immer haben mich Tiere in größerem Maß an meine Gefühle herangeführt, als es den Menschen je möglich war. Im Zusammensein mit Tieren war ich mir selbst immer am nächsten, am authentischsten, am verletzlichsten. Josh trat in mein Leben und stellte durch die Komplexität seines Wesens eine neue Herausforderung für mich dar. Ich spürte seine „Not“, sein Gefangensein in festgefahrenen Mustern, sein Misstrauen, seine Angst. Und ich spürte die Chance, die Josh mir gab: In der Begegnung mit ihm all das in mir selbst zu erkennen.

Es war und ist für mich eine Reise in mein Inneres, wo all das vor mir liegt, was ich vergeblich im Außen gesucht hatte, es dort aber nicht hatte finden können. Somit konnte ich vielfach in der Konfrontation mit Josh und allen weiteren Pferden Antworten auf die Sinnfragen meines Lebens finden.

Das Zusammensein mit den Pferden ließ mich zu jeder Zeit bewusst in eine andere Welt treten: die des bloßen Seins, der reinen körperlichen Wahrnehmung und Gedankenfreiheit. Dies spürte ich schon als Kind und es hatte dazu geführt, dass ich meinen Lebensweg von Beginn an in Begleitung der Pferde beschritt.

In der Folge all dessen, was mich vor allem die letzten zwei Jahre über mich und meine Pferde gelehrt hatten, wurden die Erlebnisse mit Josh immer tiefgründiger. Ich war ihn seit langer Zeit nicht mehr geritten, wollte weder ihn noch mich unter Druck setzen. Unser Weg glich dem einer zarten Pflanze, die durch zu häufiges Gießen zerstört wird, weil man hofft, dass sie dadurch schneller wächst. Ich wollte unseren gemeinsamen Weg nicht durch unüberlegten Ehrgeiz oder Ungeduld gefährden.

Es gab für mich nichts mehr zu „erreichen“. Jedes Zusammensein mit meinen Pferden war eine neue Begegnung und erfüllt von Freude und Spannung darauf, was sich zeigen würde und welche neuen Erfahrungen gewonnen werden könnten. Mir ging es nicht mehr darum, durch die Pferde etwas darzustellen, sondern das bewusste Erleben jedes Moments, den ich erfahren und voll auskosten wollte. Jedem der Pferde wollte ich in meinem Beisein den Raum geben, das auszudrücken, was an die Oberfläche wollte. Und in all dem, was sich dort zeigte, immer wieder mich selbst zu erkennen.

In der Folge aller Erfahrungen mit Josh wurde Liebe für mich - im Zusammensein mit einem Pferd - zum ersten Mal erfahrbar. Ich ritt ihn ohne Sattel und nur mit einem Lederhalfter ohne Gebiss. Die Verbindung zwischen uns sollte so nah wie möglich sein. Einen Sattel empfand ich als störend und wenn er hätte rennen wollen, hätte ihn ein Gebiss auch nicht aufgehalten. So ritt ich los. Es war keine Angst mehr spürbar; lediglich eine blasse Erinnerung an das vergangene Erlebnis.

Völlig entspannt drehte er im Schritt seine Runden. Auch im Trab blieb er entspannt und ruhig, folgte aufmerksam meinen Signalen. Noch bevor ich es bewusst an ihn weitergeleitet hatte, folgte er meinem Gedankenimpuls und galoppierte an.

Ich spürte meinen Körper nicht mehr, war eins geworden mit Josh, gänzlich erfüllt von Vertrauen und Liebe. Die Angst von ihm zu fallen war nicht mehr existent, denn wie könnte ich von ihm fallen in dem Moment, wo wir zu einem Ganzen geworden waren.

In jedem Moment, ich dem ich mich im Zusammensein mit Josh nicht völlig einlassen konnte, weil ich belastet war oder ich Erwartungen an die Situation stellte, meldete mir Josh dies augenblicklich in seinem unruhigen und zur Panik neigenden Verhalten zurück. Und parallel dazu überschlugen sich die wundervollen Erfahrungen im Zusammensein mit ihm - wenn ich entspannt war, mich völlig auf ihn und die Situation einlassen konnte und mich ohne Druck und Erwartungen hingab.

Er entwickelte im Laufe der Zeit ein immer sichereres Körpergefühl und erstrahlte in zunehmendem Maße, wenn ich ihn ritt. Je mehr sich der Panzer aus Angst von ihm löste, desto mehr schien das in ihm liegende Potential durch und verankerte sich in ihm. Eine solche Verbindung hatte ich zu einem Pferd auf dieser Ebene zuvor noch nicht gespürt. Je näher wir uns kamen, desto deutlicher sah ich, wofür Josh als Pferd in meinem Leben steht: für den Gegensatz zwischen Angst und Vertrauen; die Zweifel und die Selbstsicherheit; das Schwarze und das Weiße. Und für die Erfahrung, dass sich jede Sekunde lohnt, in der ich mich entscheide, mich allen Aspekten in mir zuzuwenden. In beobachtender Klarheit, um aus dieser heraus zu entscheiden, welchen von ihnen ich leben möchte.

Durch Josh und alles, was ich an seiner Seite erlebte, bekam ich die Chance, mich allen Aspekten in mir nach und nach voller Vertrauen und vorbehaltlos zuzuwenden. Eine Veränderung kann nur in dem Maße stattfinden, in dem ich bereit bin, alles, was sich in mir zeigt, überhaupt erst einmal wahrzunehmen und es nicht zu leugnen oder dagegen anzukämpfen. Die Beziehung zu Josh und alle Aspekte, für die er steht, halfen mir zu erkennen, dass auch alle scheinbaren Unannehmlichkeiten ihren begründeten Raum in unserem Leben einnehmen. Durch ihn lernte ich mich den Schatten in meinem Innersten zuzuwenden, zu wagen hinter sie zu blicken, um darin eine klare und nachvollziehbare Ordnung zu erkennen.

In der Beziehung zu meinen Pferden konnte ich diese Ordnung immer mehr nachvollziehen, konnte erkennen, warum diese spezielle Auswahl an Pferden im Laufe der Jahre in mein Leben getreten war. Nach den eindrücklichen Ereignissen mit Josh und dem daraus resultierenden klareren Blick auf alle Pferde in meinem Leben, stellte ich mir zunehmend die Frage nach der Essenz dieser Beziehungen.

Zu meinem dreißigsten Geburtstag erfüllte ich mir - neben einem eigenen Pferd zehn Jahre zuvor - meinen zweiten großen Kindheitstraum und kaufte mir ein Teleskop. Nie zuvor hatte ich eine Sternwarte besucht oder durch eines hindurchgesehen und trotzdem faszinierte mich der Anblick des Universums von Kindheit an. Schon als Kind ließ ich keine Möglichkeit aus, Sonnenuntergänge, den Mond oder den klaren Sternenhimmel zu betrachten. Der Anblick zog mich völlig in seinen Bann und ließ mich - ebenso wie in vielen Momenten mit den Pferden - alles um mich herum vergessen und einfach nur sein.

Es waren Momente, in denen es in meinem Kopf still wurde, denn es gab nichts mehr, worüber es sich im Anblick der Unendlichkeit nachzudenken lohnte. Ich fühlte mich gleichermaßen verloren und aufgehoben. In diesen Momenten empfand ich mich als Mensch als das Universum selbst und zugleich in meiner menschlichen Existenz völlig unbedeutend. Und irgendwie bekam ich einen Zugang zu dem Zustand, der sich zwischen diesen beiden Extremen abspielte, ohne dass ich das je in Worte hätte fassen können. Es war eine Art völliger emotionaler Neutralität und gleichmütiger Ruhe in mir, die in meinem Leben noch eine umfassende Rolle spielen sollte.

In dem Sommer, in dem ich das Teleskop gekauft hatte, verbrachte ich den Großteil der Nächte draußen und beobachtete den Mond in seinen verschiedenen Phasen und alle Himmelsobjekte, die im Laufe der Nacht sichtbar wurden. Neben der Faszination für alles, was sich am Himmel zeigte und beobachten ließ, lernte ich die Nacht und Dunkelheit kennen und verlor meine Angst vor ihr. Und in gleichem Maße verlor ich die Angst vor der Dunkelheit in meinem Inneren. In den vielen Stunden unter freiem Himmel, oft zwischen dreiundzwanzig Uhr abends und vier Uhr morgens, begegnete ich dem Leben und mir selbst noch einmal auf eine völlig neue Weise. Die Stille der Nacht verhalf mir immer mehr dazu, in mein Inneres abzutauchen und dem was sich dort zeigte vertrauensvoll zu begegnen. Angst vor der Dunkelheit hatte mein ganzes Leben geprägt und auf einmal wurden die Momente, die ich nachts draußen verbrachte, sehr kostbar und heilsam.

Nachts, wenn das innere und äußere Sprechen zur Ruhe kam, fühlte ich mich dem Leben oft mehr verbunden, als im Lärm des Alltags. In der Stille erfuhr ich zunehmend etwas Sanftmütiges und Vertrautes. So angekommen ich mich in unserem neuen Zuhause gefühlt hatte, fühlte ich mich mehr und mehr angekommen in mir selbst. In all den Stunden, die ich nachts alleine unter dem Sternenhimmel verbrachte, lernte ich, mir selbst zu begegnen.

Oft ging ich auf die Weide oder den Paddock zu den Pferden und stand oder saß dort lange Zeit bei ihnen. In ihrem Atem und ihren Bewegungen spürte ich die Selbstverständlichkeit des Lebens und ließ mich davon einhüllen. Ich hatte mich und meinen Platz in diesem Leben nie als selbstverständlich angesehen und glaubte immer, ich müsse die Berechtigung für beides hart erkämpfen. Gedanken daran lösten sich in den Momenten gänzlich auf, wenn ich nachts bei den Pferden verweilte. Es waren Momente, in denen spürbar wurde, wie sich die gedanklichen Trennungen, die wir automatisch ziehen, anfingen aufzuheben. Wenn ich inmitten der Pferde auf der Weide saß, die Augen schloss und meine Gedanken zur Ruhe kommen ließ, verlor ich jegliches Zeitgefühl und spürte nur noch Frieden.

In diesen stillen Momenten wurde mir zum ersten Mal bewusst, wie laut mein Leben war und dass mein Verstand alles unternahm, um auf sich aufmerksam zu machen. Schon viele Jahre zuvor hatte ich mich mit Meditation auseinandergesetzt und durch meinen Verstand versucht nachzuvollziehen, wie diese zu praktizieren ist. Doch die Versuche, geplant zu innerer Ruhe zu finden und die Gedanken loszulassen, endeten in der Regel in der genervten Erkenntnis, dass sich ständig neue Gedanken den Weg in meinen Kopf bahnten. Ich empfand mich unfähig Meditation zu praktizieren, bis ich eines Nachts in einem Erlebnis mit Josh erkannte, dass es nichts zu praktizieren gibt.

Als der Martinsumzug im Kindergarten meines jüngsten Sohnes anstand, wurde ich gefragt, ob ich diesen mit einem Pferd begleiten wollte. Nachdem ich zugesagt hatte, war schnell klar, dass Josh sich dafür am besten eignen würde. Zwar war ich in diesem Jahr nur wenige Male alleine mit ihm im Gelände gewesen, aber ich konnte mich bei ihm zu hundert Prozent darauf verlassen, dass er inmitten all der singenden und aufgeregten Kinder Ruhe bewahren würde. Die Panik und das Misstrauen, die sich zeigten, kurz nachdem ich ihn gekauft hatte, waren inzwischen gänzlich in Vertrauen und Sanftmut verwandelt.

Vor allem im Zusammensein mit Kindern oder unsicheren Menschen verhält sich Josh in einer Art und Weise, die mich immer wieder zutiefst anrührt. Er ist in jedem Moment absolut präsent und gänzlich auf den Menschen an seiner Seite fokussiert. Noch nie habe ich ihn in irgendeiner Weise ein- oder überfordernd gegenüber einem Menschen erlebt. Er ist einfach da und wenn man bereit ist, sich auf ihn einzulassen, wird man in der Anlehnung an ihn von unendlicher Stärke einerseits und Sanftmütigkeit andererseits eingehüllt. In der Beobachtung seines Verhaltens im Zusammensein mit Menschen, bekam ich zum ersten Mal einen Eindruck davon, wie Liebe sichtbar werden kann, wenn Ängste und Misstrauen sich nach und nach auflösen.

Einmal erlebte ich wie mein jüngster Sohn, der damals gerade laufen konnte und mir helfen wollte Josh zu putzen, einfach unter ihm hindurchlief. Josh stand wie angewurzelt an seinem Platz und es schien, als hätte er in diesem Augenblick sogar die Luft angehalten, um sich nicht zu bewegen.

Er wollte das Kind unter keinen Umständen verletzen. Zuerst dachte ich, er verhält sich aus Anspannung so, bis ich immer häufiger bemerkte, dass er sich bewusst so verhielt, um mit allen Mitteln zu verhindern, dass man sich von ihm bedroht fühlt. Könnte er sich in der Gegenwart eines Menschen in eine Wolke verwandeln, in die man sich voller Vertrauen fallen lassen kann, so würde er es tun.

Meine Entscheidung den Umzug gemeinsam mit Josh zu begleiten war in der Folge all der zurückliegenden Erlebnisse die richtige. Zu keinem Moment gab er den Menschen das Gefühl, dass sie sich vor ihm fürchten müssten. Weder die große Anzahl an Menschen, noch der Gesang und das Flackern der Laternen, brachten ihn aus der Ruhe.

Als ich begleitet von der Gruppe singender Menschen durch die Straßen zog, erlebte ich, wie sehr mein innerer Zustand sich auf Josh übertrug. Die strahlenden Kinderaugen beim Anblick von Josh und ihre Freude, wenn sie ihn streichelten, weiteten mein Herz. Ich spürte, wie Josh und ich gemeinsam erstrahlten.

Nachdem das Martinsfeuer entzündet worden war und sich alle eingefunden hatten, verabschiedete ich mich und trat mit Josh den Heimweg an. Der Kindergarten liegt von unserem Hof aus auf der anderen Seite des Waldes. Etliche Male war ich tagsüber in diesem Wald mit den Pferden unterwegs gewesen. Noch während des Umzugs hatte die Dämmerung eingesetzt und als ich den Heimweg antrat, war es stockdunkel. Die Dunkelheit war mir inzwischen vertraut, doch nie zuvor war ich mit einem Pferd alleine nachts im Wald gewesen. Die Momente in meinem Leben, in denen ich mit meinen Ängsten konfrontiert worden war, waren oft die, in denen keine Zeit blieb, eine Entscheidung zu treffen. Mein Verstand hatte keine Möglichkeit Argumente vorzubringen, die sich auf Vernunft und Sicherheit stützten.

Ich spürte, wie sich eine leise Stimme in meinem Kopf ausbreiten wollte, um mich wissen zu lassen, welche Gefahren es birgt, mich in der Dunkelheit auf einem Pferd alleine in den Wald zu begeben. Noch bevor die sorgen- und angstvolle Stimme in meinem Kopf lautstark allen Raum eingenommen hatte, ritt ich los und legte mich und Josh voller Vertrauen in die Hände des Lebens die sich vor uns auftaten.

Es war eine kalte und sternenklare Nacht und durch die kahlen Bäume schimmerten die Lichter der nahen und fernen Städte. Die Sterne über uns funkelten hell in der tiefschwarzen Unendlichkeit. Alles was ich spürte war Josh's und mein Herzschlag, der sich von Schritt zu Schritt mehr beruhigte. Müsste ich einen Moment in meinem Leben benennen, in dem sich die greifbare Vorstellung und das vereinnahmende Gefühl von Angst in mir verabschiedeten, dann wäre es dieser.

Ich fühlte, wie sich ein nie dagewesener Friede und eine alles einnehmende Freude in mir ausbreiteten, so als wolle sich das Leben für die vertrauende Hingabe bedanken, die ich ihm entgegengebracht hatte. Schon in Ansätzen hatte ich zuvor erlebt, dass wundervolle Erfahrungen dort warten, wo ich mich mit meinen Ängsten konfrontiert und sie überwunden hatte, aber dieses Erlebnis übertraf alles bis dahin Gewesene.

Schatten und Lichtblicke

„Menschen klagen an, zerstören, hassen, denn sie haben ihre Mitte verloren.
Sie haben den Frieden verlassen.
Wurden zum Misstrauen geboren."
(„Krieg")

Seit dem Erlebnis nachts mit Josh im Wald, hatte ich das Gefühl, dass es kein Zufall war, dass sowohl Pferde, als auch die kosmischen Gesetzmäßigkeiten mich mein ganzes Leben lang begleitet und fasziniert hatten. In den darauffolgenden Wochen ging ich oft erst abends mit unseren Hunden im Wald spazieren und knüpfte damit immer wieder an das Erlebnis mit Josh an. Auf den Verbindungswegen zwischen den einzelnen Waldstücken blieb ich oft lange Zeit stehen und betrachtete die Sterne.

Zu diesem Zeitpunkt bestand die Herde der bei mir lebenden Pferde aus genau zwölf und schon immer war mir und anderen Menschen aufgefallen, dass jedes Pferd in seinem Verhalten einzigartig ist. Um das für mich selbst einmal klar aufzuschlüsseln, begann ich eines Tages eine detaillierte Beschreibung der Persönlichkeiten aller Pferde aufzuschreiben. Zwar haben mich die kosmischen Zusammenhänge immer fasziniert, aber die planetarischen Kräfte und deren Wirkung im Zeichen der unterschiedlichen Sternzeichen habe ich dabei eher am Rande betrachtet. Je tiefer ich mich jedoch in die Persönlichkeiten der Pferde einarbeitete und mir ihre individuellen Wesenszüge vor Augen führte, desto klarer lagen die Parallelen zu den einzelnen Tierkreiszeichen plötzlich vor mir. Auf einmal verstand ich, warum genau diese Pferde im Laufe der Jahre in mein Leben getreten waren und dass jedes einzelne von ihnen sich zur Verfügung gestellt hatte, um mich und alle Aspekte des Lebens durch sie erkennen zu können. Weder wissenschaftlich belegt, noch orientiert an den genauen Geburtsdaten der Pferde, brachte ich lediglich ihr Verhalten und ihre Beziehungen untereinander in Verbindung zu den durch sie wirkenden planetarischen Kräften.

Von da an betrachtete ich alle Pferde aus einer völlig neuen Perspektive. Immer wieder war mir im Zusammensein mit Menschen und ihren Pferden aufgefallen, dass die Pferde dem Menschen ein bestimmtes Thema oder Verhalten spiegelten oder aufzeigten. Die Synchronizität - auch im Hinblick auf Krankheitssymptome - im Leben der Menschen und ihrer Pferde war auffällig.

Mich interessierte, was wirklich hinter diesem Phänomen stand. Ob es sich nur um die Übertragung des Menschen auf sein Pferd handelte, Verhaltensweisen oder Symptome sich rein zufällig zeigten, oder ob sich dahinter eine unsichtbar wirkende Gesetzmäßigkeit verbarg. Auch im Hinblick auf die bei mir lebenden Pferde, bemerkte ich Parallelen im Auftreten von Symptomen und deren Verläufen zu mir. Je mehr ich den „Sinn" hinter einer Erkrankung verstand und sie als Boten sehen konnte, der aufzeigte, dass etwas aus dem Gleichgewicht geraten war, desto entspannter konnte ich ihr begegnen.

Das, was sich bei den Pferden im Laufe der Jahre hin und wieder an gesundheitlichen Einschränkungen zeigte, nahm ich zunehmend dankbar als Hinweis an, mich selbst und meinen inneren Zustand genauer anzusehen. Und ich bemerkte, dass sich das Auftreten von Symptomen in dem Maße verringerte, in dem ich entspannt und sorgenfrei mit der jeweiligen Situation umging und mich dem dahinterliegenden Thema widmete.

Als Lloyd in einem der Pensionsställe mit einer lebensbedrohlichen Kolik in die Klinik gebracht wurde, bangte ich natürlich in diesem Moment um sein Leben. Im Nachhinein betrachtet wurde mir jedoch klar, dass es genau zu diesem Ereignis hatte kommen müssen, damit ich in meinem Leben, in Begleitung der Pferde, neue Wege einschlagen konnte.

Zu diesem Zeitpunkt konzentrierte sich die Veränderung mehr auf die äußeren Lebensumstände. Erst später realisierte ich zunehmend, dass sich das Leben im Außen immer in der Folge meiner inneren Prozesse veränderte. Immer wenn ich verzweifelt versucht hatte, an den äußeren Umständen in meinem Leben Veränderungen herbeizuführen, ohne den Nährboden in mir selbst zu betrachten, auf dem alles gegründet ist, erlebte ich ähnliche Erfahrungen immer und immer wieder. Als ich anfing mein Leben in seiner ganzen Tiefe zu betrachten, in all seinen Erfahrungen und Begegnungen, konnte ich darin mehr und mehr erkennen, was mich von innen heraus antreibt. Ich erkannte, was ich bereit war mir selbst zuzugestehen und was mich daran hinderte. Ob ich es mir erlauben konnte, ein Leben zu führen, welches in Freude, Zufriedenheit und innerem wie äußerem Frieden getränkt ist. Oder ob ich daran festhalten wollte zu glauben, dass ich mir das Leben hart erarbeiten und erkämpfen muss, um es in der Folge als „Lohn“ für meinen mit mir selbst ausgetragenen Kampf als lebenswert zu empfinden.

Mein Leben war - solange ich mich zurückerinnern kann - ein Kampfplatz im Spielfeld der Emotionen. Durch die Pferde, die nach und nach in mein Leben traten, erhoffte ich mir bei jedem einzelnen, auf seinem Rücken über die Mauern springen zu können, die mich in mir selbst gefangen hielten. Die Pferde wurden zu meiner Zuflucht, meiner Hoffnung auf Rettung und zu meinen Verbündeten. Bis zu dem Tag, als ich mir zum ersten Mal vor Augen führte, was sie wirklich sind und wofür sie in meinem Leben stehen.

Als ich begann mich zuerst nur mit ihren individuellen Charakterzügen auseinanderzusetzen, ohne diese in Bezug zu den planetarischen

Energien zu bringen, sah ich immer deutlicher, dass jedes der Pferde einem Hauptaspekt meines Wesens entsprach. Auf einmal verstand ich, warum ich mich - als im Tierkreiszeichen Zwilling geborene - in intensiver Weise zu Josh hingezogen fühlte und warum er das Pferd war, mit dem ich diese Tiefe, Gegensätzlichkeit und Heftigkeit im Erleben empfand.

Jedes der Pferde nahm plötzlich einen Platz ein und fügte sich als einzelner kleiner Baustein zu einem großen, zusammenhängenden Bild. In der Auseinandersetzung mit den menschlichen wie tierischen Wesensarten in Hinblick auf die Sternzeichen und deren Auswirkungen, wurde mir etwas klar. Wir sind zwar maßgeblich von einer bestimmten planetarischen Kraft angetrieben, aber alle weiteren Kräfte wirken ebenso hintergründig in uns und warten darauf, von uns wahrgenommen, integriert und gelebt zu werden.

Der intensive Blick auf die Pferde durchbrach mehr und mehr deren äußere Hülle und legte den dahinter verborgenen Wesenskern frei. Als ich dies erkannte, veränderte sich die Beziehung zu meinen Pferden schlagartig.

Die längste Zeit unseres Zusammenseins hatte ich sie als Mittel zum Zweck gebraucht, um meine facettenreiche emotionale Bedürftigkeit durch sie zu stillen. Und nun offenbarte sich mir, dass sie Aspekte meiner Seele waren und nicht - wie ich immer angenommen hatte - außerhalb von mir standen. Sie waren Teile meiner selbst, die ich lange Zeit als solche weder hatte erkennen können, noch wollen. Nicht erkennen hatte wollen, weil ich vielleicht unbewusst gespürt hatte, dass es Bereitschaft von mir verlangte, mich mit dem, wofür sie in mir selbst standen zu konfrontieren. Mit all dem, was ich in mir selbst verleugnet oder abgewehrt hatte. Auch ich war, wie jeder Mensch im Laufe seines Lebens, durch alle mich umgebenden Faktoren in eine bestimmte und mich prägende Form gegossen worden. Ich begegnete dieser Form immer in meinem Spiegelbild und die Erfahrungen meines Lebens gaben mir die bestätigenden Rückmeldungen, die das Bild der Form immer mehr festigten und mich aufhören ließen, den Inhalt zu betrachten. Mein Glaube daran, nur aus dieser Form zu bestehen, war so manifestiert, dass ich den darunter verborgenen seelischen Inhalt, der sich nur nach Befreiung sehnte, erst nach und nach wahrnahm.

Als ich durch die Auseinandersetzung mit den verschiedenen Wesenszügen meiner Pferde mit meinen eigenen in Kontakt trat, wollte ich diese gänzlich ergreifen. Als hätte ich um viel Zeit für mich selbst gebeten, um alle in mir aufgekommenen Fragen beantworten zu können, veränderte sich in meinem äußeren Leben Schlag auf Schlag alles, was ihm bis dahin einen Rahmen gegeben hatte. Ohne dies bewusst geplant oder veranlasst zu haben, verlor ich innerhalb eines Monats all meine langjährigen Schüler und nahezu alle Menschen, die ihre Pferde in meinem Stall untergestellt hatten. Meine finanzielle Lage war desaströs und mein innerer Zustand ebenso. Mein Selbstzweifel und das Gefühl mit dem, was ich durch meine Arbeit mit den Pferden versuchte zu vermitteln und dabei ständig gegen den Strom zu schwimmen, ermüdeten mich zunehmend.

Die wenigen Schüler, die erst in meinem neuen Zuhause angefangen hatten, sich von mir unterrichten zu lassen, sicherten mir wenigstens die Futterkosten der Pferde. Die Angst den Hof und damit unser aller Zuhause zu verlieren, weil ich nicht mehr in der Lage war ihn zu finanzieren, breitete sich zunehmend in mir aus. Ich fühlte mich vom Leben betrogen, da die Intention meines Handelns in der Arbeit mit Pferden und Menschen immer war, etwas Positives zu bewirken und eine Unterstützung zu sein.

An dem bislang bedrohlichsten Tiefpunkt meines Lebens durfte ich - nachdem sich der innere wie äußere Sturm gelegt hatte - erkennen, dass mein Wunsch etwas Gutes zu tun und anderen Menschen durch meine Begleitung zu helfen im Grunde der Versuch war, mir selbst zu helfen und mir etwas Gutes zu tun. Der Preis den ich gezahlt hatte in der Hoffnung über meine Arbeit das Maß an Anerkennung zu bekommen, wonach ich mich immer gesehnt hatte, war nicht nur zu hoch, sondern drohte alles lahmzulegen, was ich mir beruflich im Laufe vieler Jahre aufgebaut hatte. Immer wieder war ich aufgrund meiner unkonventionellen Art und Arbeitsweise - vor allem in Hinblick auf die Behandlung von Pferden - in Auseinandersetzungen mit Menschen geraten.

Mein Wesenszug, einem eingeschlagenen und in mir stimmigen Weg treu zu bleiben, trug mich jedoch durch alle Täler hindurch und ich führte mich zu einer nachhaltigen und entscheidenden

Erkenntnis meines Lebens. Die Kämpfe, die ich im äußeren mit anderen Menschen austrug, realisierte ich immer mehr als einen verlagerten Kampf der Aspekte, die sich in meinem Inneren abspielten. Menschen bekämpften mich auf diversen Wegen in meinem äußeren Erleben, weil ich in einen inneren Kampf mit mir selbst verwickelt war. So lange dieser Kampf in Inneren anhalten würde, solange würden Menschen in mein Leben treten, die mich bekämpfen.

In der Folge dieser Erkenntnis nahm ich sehr genau wahr, was sich im Zusammensein mit mir und anderen Menschen abspielte. Die Rückmeldung zu vielen Dingen, die sich zwischen mir und den Pferden und während meinen Behandlungen und Unterrichtseinheiten zeigten, ließen darauf schließen, dass die meisten nicht begriffen, was sich dort ereignete. Für die meisten Menschen war es unbegreiflich miterleben zu können, wie innere Themen eines Menschen durch die Interaktion mit einem Pferd plötzlich sichtbar wurden und es machte ihnen Angst. Die kritischen und zweifelnden Haltungen, die mir entgegengebracht wurden, waren Prüfungen, die ich mir selbst unbewusst auferlegt hatte. Mein Verstand war geneigt, alle Wege zu verlassen, die in Verbindung mit Pferden standen, aber mein Gefühl spürte die Wahrhaftigkeit und ließ mich, trotz aller äußeren Widerstände, auf meinem Weg voranschreiten. Wie immer in meinem Leben, suchte ich nach Antworten bei den Pferden und die Reaktionen der Pferde auf mich, sprachen für sich. Dies wurde vor allem deutlich, als ich eine Ausbildung zur Cranio-sacral-Therapeutin für Pferde machte und in dieser Richtung zunehmend tätig wurde.

Die Ausbildung umfasste einen umfangreichen Einblick in Bereiche des energetischen Behandelns von Pferden. Durch einen Bekannten, der selbst in diesem Bereich tätig war, wurde ich auf diese Ausbildung aufmerksam gemacht. Ich hatte das Gefühl einen Weg gefunden zu haben, der dem was ich schon immer - vor allem im Zusammensein mit Pferden - intuitiv gespürt hatte, einen Namen und Rahmen gab.

Schon immer hatte es mich zu den Pferden hingezogen, die in irgendeiner Weise verhaltensauffällig oder gesundheitlich beeinträchtigt waren. Der Aspekt in mir, der auf der Suche nach Heilung war, ging mit den Aspekten, die sich in den Pferden zeigten in Resonanz. Als die Ausbildung beendet war, entschied ich mich dazu, einem Pferd, das aufgrund einer massiven gesundheitlichen Beeinträchtigung eingeschläfert werden sollte, einen Platz auf unserem Hof zu geben. Ich wollte einem Pferd, welches von Seiten der Menschen abgeschrieben worden war, eine letzte Chance geben und all das zur Anwendung bringen, was ich in der Ausbildung gelernt hatte.

Eine Woche nach meinem Entschluss bekam ich einen Anruf von einer Bekannten, die von einem Pferd in der Nachbarschaft gehört hatte, welches aufgrund unheilbarer Verletzungen im Rücken eingeschläfert werden sollte. Und damit trat Cloud in mein Leben. Als er aus dem Hänger geführt und es offensichtlich wurde, dass sich seine Vorderbeine völlig zusammenhangslos zu seinen Hinterbeinen bewegten, wurde mir erst das Ausmaß seiner Problematik bewusst. Als Jungpferd hatte sich Cloud durch einen Sturz auf der Weide eine Verletzung im Lendenwirbelbereich zugezogen. Cloud hatte sich offensichtlich im Laufe der Jahre eine Schonhaltung angewöhnt, welche die Schmerzen für ihn erträglicher machten. Ich führte ihn vom Hänger zur Weide, sah, wie viel Anstrengung es ihn kostete ein Bein vor das andere zu setzen und fragte mich, wie ich je in die Lage kommen sollte, ihm ein schmerzfreies Leben zu ermöglichen.

Cloud lehrte mich, dass es nichts zu heilen gibt und ich nur dann wirklich eine Unterstützung und Begleitung sein kann, wenn ich lerne, all das, was sich zeigt vollkommen anzunehmen und zu akzeptieren. Um in der Folge der Annahme und Akzeptanz zu erleben, wie Erkrankungen sich beginnen zu verändern und nach und nach aufzulösen. Weil ihre Botschaft erkannt und verinnerlicht wurde. Natürlich hatte ich zu Beginn den „Anspruch“, mir und den Menschen in meinem Umfeld zu beweisen, dass ich durch die Ausbildung in die Lage gekommen war, mich einem solch hoffnungslosen Fall anzunehmen und ihn zu lösen.

Das erste halbe Jahr verlief ohne Zwischenfälle, aber auch ohne irgendein Anzeichen körperlicher Besserung von Cloud. Es bereitete ihm anfänglich Schwierigkeiten in der Herde seinen Platz zu finden, da er aufgrund seiner Bewegungseinschränkungen vom Großteil der Herde ausgeschlossen und verjagt wurde. Mir fiel es oft schwer, ihn in seiner Hilflosigkeit zu erleben, aber mir war klar, dass ich ihn nicht wieder abgeben würde und das Einsetzen seiner Regeneration nur eine Frage der Zeit war.

Als er jedoch eines Nachts stürzte und sich, aller Wahrscheinlichkeit nach, durch den Tritt eines anderen Pferdes eine heftige Verletzung an seinem linken Hinterbein zuzog, verlor ich mit einem Schlag die Hoffnung auf seine Gesundung. Sein Bein war durch die Verletzung massiv angeschwollen und er belastete es nicht mehr. Seine äußere Erscheinung spiegelte meine innere Hoffnungslosigkeit. Meine Entscheidung, ihn bis zum Abklingen der Wunde auf ein kleines abgetrenntes Weidestück zu stellen und vorerst keinen Tierarzt zu rufen, sollte das eigentliche Problem überhaupt erst sichtbar werden lassen.

Seitdem ich mit Pferden zusammenlebe, geriet ich immer wieder durch meine „unkonventionelle" Haltung und meinen daraus resultierenden Umgang mit Verletzungen und Erkrankungen mit Menschen in meinem Pferdeumfeld aneinander. Noch nie gehörte ich zu den Menschen, die bei jeder Kleinigkeit gleich einen Tierarzt zu Rate ziehen. Und auch bei heftigeren Verletzungen versuchte ich immer erst einen Selbstheilungsprozess in Gang zu setzen. Nie in der Absicht, das Pferd dadurch leiden zu lassen, sondern um dem Körper Zeit zu lassen, Signale zu geben, die weitere Unterstützung meinerseits erforderte. Oder auch nicht.

Bei Cloud blieb mir dazu keine Zeit. Am nächsten Tag suchten mich zwei Mitarbeiter des ortsansässigen Veterinäramtes auf. Sie erklärten, dass ein anonymer Anruf über ein verletztes und nicht versorgtes Pferd bei ihnen eingegangen sei und sie diesem Hinweis nun nachgehen müssten.

Meine Fassungslosigkeit war grenzenlos. Zu meiner Wahrnehmung, dass die Menschen in meinem direkten Umfeld weder verstehen noch gutheißen konnten, welche Entscheidungen ich in Richtung der bei mir lebenden Pferde traf, gesellte sich an diesem Punkt das Gefühl, ausgeliefert worden zu sein. Ich fühlte mich beschuldigt, verraten und an die Wand gestellt. Mit einem Mal blickte ich in tiefste Abgründe menschlichen

Verhaltens. Die Abgründe, in denen all das zu finden ist, was ein Mensch sich aufgrund massiver Unsicherheit im zwischenmenschlichen Umgang zu eigen macht, um sich zu bewaffnen. Das, was er nicht begreifen und einordnen kann, versucht er zu vernichten. Um von all seinen Ängsten und der Konfusion, die daraus entsteht, abzulenken und sich nicht damit auseinandersetzen zu müssen.

Cloud verlor im Zuge der weiteren, amtlich angeordneten, Behandlung fast sein Leben. Auf die Gabe des Antibiotikums reagierte er mit einem anaphylaktischen Schock und drohendem Nierenversagen. Durch die mehrstündige Behandlung durch mich und eines mir bekannten Pferdetherapeuten, der „zufällig" zu diesem Zeitpunkt am Hof war, und der gezielten Gabe homöopathischer Mittel, konnten wir Cloud's Zustand stabilisieren. Noch während der Behandlung und in der akuten Sorge um das Überleben Cloud's wurde ich erneut, von der Reitbeteiligung einer Pferdebesitzerin, verbal attackiert. In diesem Moment wurde mir klar, warum sich alles derart hatte zuspitzen müssen: Es standen massive Veränderungen bevor. Etwas in meinem Inneren war bereit sich zu verabschieden und dies würde sich zwangsläufig auch in veränderten Lebensumständen bemerkbar machen.

Cloud erholte sich und mir wurde klar, dass sich entscheidende Dinge in meinem Leben ändern mussten. Ich war nicht an diesen Ort gekommen, um dort auf einem Scheiterhaufen der Emotionen verbrannt zu werden. Alle alten Verbindungen, zu Menschen, die mich nur zu gerne hätten brennen sehen, lösten sich in der Folge dieser Ereignisse auf. Als ich innerlich wieder zur Ruhe gekommen war, realisierte ich, dass alles was sich abgespielt hatte, das Ergebnis meiner eigenen, inneren Verunsicherung war. Die Verunsicherungen und Ängste in Bezug auf die „Richtigkeit" meines eingeschlagenen Weges, spiegelten sich in der Reaktion der Menschen in meinem Umfeld auf das was ich tat – und in Bezug auf Cloud unterließ. Die Verurteilung, die ich im Außen erlebte, war die Spiegelung der Aspekte in mir, durch die ich mich selbst verurteilte.

Je mehr ich dies erkennen und akzeptieren konnte, desto deutlicher verabschiedete sich in meiner äußeren Wahrnehmung all das, was stellvertretend für die Verurteilung in meinem Innersten gestanden hatte. Zum ersten Mal in meinem Leben keimte die Hoffnung in mir, dass mein Leben nicht nur daraus besteht, mich selbst immer wieder in Frage zu stellen und dem Glauben daran, mir die Lebensberechtigung hart erkämpfen zu müssen. Zum ersten Mal in meinem Leben hatte ich das Gefühl nicht nur zu überleben.

In mir öffnete sich ein Raum und mit ihm meine Bereitschaft, diesen Raum zu betreten. Als ich mich darin umsah, erblickte ich die von meinen Selbstzweifeln und Verurteilungen gepflasterten Wände. Szenen meines Lebens und Beziehungen, in denen ich immer wieder mit Zweifeln und Verurteilungen in Berührung gekommen war, hingen schön eingerahmt nebeneinander. Mein Leben lang hatte ich diesen Raum verschlossen gehalten. Ich wusste um ihn, aber aus Angst und Scham vor dem, was sich dort zeigen würde, vermied ich es in ihn einzutreten. Je mehr ich in die Auseinandersetzung mit meinem inneren Prozess ging, desto unausweichlicher wurde der Schritt in den Raum, der alle Bilder von mir und meinem Leben beinhaltete. In dem Moment der Ungewissheit, ob Cloud überleben oder sterben würde, wurde mir klar, dass es nicht um den wirklichen Tod ging und auch nicht um Cloud, sondern darum, dass ein Abschnitt in meinem Leben bereit war sich aufzulösen – der Abschnitt der grenzenlosen und nicht enden wollenden Selbstverurteilung.

Es folgte ein Abschnitt in meinem Leben, in dem ich nur mit den Pferden und meiner Familie zusammen auf dem Hof lebte. Es war der Beginn innerer Einkehr und bewusster Konfrontation mit allem, was sich bis zu diesem Punkt in meinem Leben ereignet und angestaut hatte. Die äußere Ruhe ermöglichte mir erstmals, auch innerlich wirklich zur Ruhe zu kommen. Schritt für Schritt begann ich mich all dem zuzuwenden, was ich bis dahin mehr oder weniger erfolgreich ausgeblendet hatte.

Durch den Wegfall nahezu aller Menschen, die mich für meine Arbeit rund um die Pferde bezahlt hatten, spitzte sich meine finanzielle Lage in diesen Monaten extrem zu. Die Erfahrung, nach dem Begleichen aller offenen Forderungen, mit zwanzig Euro im Monat auskommen zu müssen und davon Essen für eine vierköpfige Familie aufzubringen, prägte mich nachhaltig und ich fühlte tiefe Demut vor dem Leben. Es war ein Punkt erreicht, an dem ich mich dem ungewissen Fluss des Lebens vertrauensvoll hingeben musste. Ohne eine Ahnung, wohin dieser Fluss mich tragen würde. Das einzige, worauf sich mein Dasein in dieser Zeit konzentrierte und mir dadurch etwas Orientierung gab, war die Versorgung der Kinder und Tiere mit dem Lebensnotwendigsten. In gewisser Weise war es Klagen auf hohem Niveau, schließlich hatten wir ein Dach über dem Kopf und etwas zu essen. Doch das, was mir in höherem Maße zusetzte war die Ungewissheit, in welche Richtung sich mein Leben nun weiterentwickeln sollte. Ob ich in der Lage sein würde, auch den Pferden und weiteren Tieren weiterhin das Leben auf unserem Hof zu sichern.

Das Geld, das ich über die Arbeit mit den Pferden zu dem Erhalt des Hofes beitragen konnte, reichte lediglich dazu aus, um den Kopf immer wieder gerade so aus der Schlinge zu ziehen. Die Schlinge meiner inneren Orientierungslosigkeit hingegen zog sich immer weiter zu. Ich fühlte mich innerlich wie äußerlich bewegungs- und handlungsunfähig. In Hinblick auf die Pferde war mein einziger Wunsch, ihnen ihren Lebensort erhalten zu können und sie, als heilsame Begleiter, auch weiterhin in Berührung mit anderen Menschen zu bringen. In diesem Punkt musste und wollte ich alles hinter mir lassen, was meine Arbeit mit Menschen und Pferden die längste Zeit ausgemacht hatte.

In Anbetracht meiner eigenen Erfahrungen mit allen Pferden, die mich in allen Abschnitten meines Lebens begleitet hatten, wollte ich zu dem wirklichen Kern dieser Beziehung vordringen. So richtete sich der Fokus meiner Arbeit vielmehr auf die Beziehung zwischen Pferd und Mensch und allem, was sich dort zeigte, als auf das Vermitteln der unterschiedlichen Wege mit einem Pferd zu arbeiten. So sehr ich geglaubt hatte, die Berechtigung zu leben hart erarbeiten zu müssen, so sehr hatte ich bis zu diesem Punkt auch geglaubt, dass es im Zusammensein mit Pferden etwas zu erarbeiten gäbe. In diesem Punkt lehrte mich Josh wie kein anderes meiner Pferde, dass sich die Wunder des Lebens in dem Maß vor uns offenbaren, in dem wir bereit sind, still zu werden, hinzusehen und sie anzunehmen. Sie warten im Grunde nur darauf, von uns wahrgenommen zu werden.

In den Monaten, nachdem sich auf unserem Hof schlagartig alles verändert hatte, begegnete ich den Pferden auf völlig neuen Ebenen. Ich sah und verstand immer umfassender, dass ich in ihnen immer Aspekten meiner selbst begegnet war. Als niemand mehr auf dem Hof war, der mich unbewusst dazu veranlasste, über die Pferde etwas beweisen zu müssen, kam ich auch im Zusammensein mit ihnen zur Ruhe und in einen Zustand innerer Bereitschaft, Entwicklungen ohne Erwartungen zuzulassen.

Josh war das Pferd, in dem ich in diesem Abschnitt meines Lebens Anlehnung und Rückhalt fand. Ohne zu diesem Zeitpunkt eine Idee von dem wirklichen Ausmaß unserer Beziehung zu haben, kam ich im Zusammensein mit ihm zu einer Art innerer Einkehr, die ich so vorher noch nicht erlebt hatte. Wenn ich ihn ritt ließ ich oft im Hintergrund Musik laufen, die mich berührte und völlig entspannen ließ. Josh gab mir den Raum, in den ich mich völlig hineinfallen lassen konnte - frei von Gedanken, Erwartungen und Ängsten.

Parallel dazu setzte ich mich zu diesem Zeitpunkt mit Meditation auseinander und spürte, dass das

Zusammensein mit einem Pferd ein Zugang zu einem meditativen Zustand sein kann. Es war weniger das mir bekannte Gefühl, durch das Reiten alles Alltägliche hinter sich zu lassen, sondern vielmehr das Gefühl einer grenzauflösenden Erfahrung zwischen mir und Josh. Unsere beiden Körper wurden zu einer einzigen Bewegung, die sich in den Fluss des Lebens einfügte. Alle Bilder in meinen inneren Räumen konnten nur in dem Maß mit Potential ausgefüllt werden, indem ich bereit war, die Bilder der Selbstverachtung - die ich einst aufgehängt hatte - von der Wand zu nehmen und am Boden zu zerschlagen.

Mir wurde bewusst, wie sehr auch ich meine inneren Räume mit Bildern des Selbstzweifels behängt hatte, vor allem in Bezug auf meine Arbeit mit Pferden. Alles, was ich an Wissen über Pferde und die Arbeit mit ihnen vermitteln konnte, war das Wissen, welches sich aus meinen eigenen Erfahrungen speiste. Nie hatte ich in dieser Richtung eine Ausbildung gemacht, weil ich spürte, dass jeder Weg in eine bestimmte Richtung für mich die Gefahr birgt, mich auf diesem Weg festzufahren und den Blick nach links und rechts zu verlieren.

Jede Orientierung an einer dogmatischen Technik im Umgang mit einem Pferd, der Art und Weise es zu reiten oder mit ihm zu arbeiten, erschien mir wie ein Stein. Und mit jedem einzelnen Stein bestand die Möglichkeit, sich nach und nach einen inneren Kerker zu bauen. Ich wollte den freien und klaren Blick auf all die Pferde und deren völlig individuelle Bedürfnisse nicht mit diesen Steinen verbauen. So wie ich den Blick auf mich selbst einst aus Steinen der Angst und des Selbstzweifels verbaut hatte. Je mehr ich es wagte, einen liebevollen Blick auf mich selbst zu werfen, desto wundersamere Dinge ereigneten sich in der Folge in meinem Leben.

Eines Tages im Winter wurde ich von einer Frau kontaktiert, deren Pferd im Gelände dazu neigte plötzlich loszurennen und sich dann nicht mehr kontrollieren zu lassen. Sie fühlte sich in diesen Situationen hilflos ausgeliefert. Einmal kam es bei einer dieser Situationen zu einem heftigen Sturz und sie spielte mit dem Gedanken, ihr Pferd abzugeben. Wir verabredeten uns und ich fuhr zu ihr, um mir einen Eindruck von der Beziehung zwischen ihr und ihrem Pferd machen zu können. Durch die cranio-sacrale Behandlung wollte ich herausfinden, ob es sich um eine körperliche Einschränkung bei dem Pferd handelte.

Die cranio-sacrale Behandlung zeigte jedoch auf, dass das Pferd körperlich in einwandfreiem Zustand war. Somit lag auf der Hand, dass die Schwierigkeiten von anderer Stelle herrührten. Diese Begegnung war für mich die erste, in der es weniger um die Lösung einer Blockade auf Seite des Pferdes, sondern um die auf Seite des Menschen ging. Ich war unsicher, wohin sich das Treffen entwickeln würde, schließlich war ich kontaktiert und gebeten worden, nach dem Pferd zu sehen. Als die Cranio-sacral Behandlung abgeschlossen war, verabredeten wir uns für den nächsten Morgen, um in Ruhe über alles zu sprechen, was ich wahrgenommen hatte. Aufgrund der weiten Entfernung blieb ich über Nacht dort. An diesem Abend ging ich früh zu Bett und hatte in der Nacht seltsame Träume, die sich wie eine verschlüsselte Botschaft für die Frau anfühlten.

Ich war mit der Intention zu der Frau und ihrem Pferd gekommen, beiden - auf welche Weise auch immer - eine bestmögliche Unterstützung zu sein. Zum ersten Mal ging es dabei nicht um mich in der Rolle eines „Heilers“, der Selbstwert aus dem Gefühl zieht, etwas „geheilt“ zu haben. Mir war in den Monaten zuvor bewusstgeworden, dass ich für andere Menschen nur dadurch eine Begleitung sein konnte, indem ich mich - frei von egoistischen Ansprüchen - zur Verfügung stellte.

Der Traum, den ich in der Nacht geträumt hatte, ließ mich am nächsten Morgen mit einem Gefühl völligen Kontrollverlusts und kindlichen Verlustängsten aufwachen. Es war kein gewöhnlicher Traum, eher eine Art Landkarte mit verschiedenen Bildern, die mir Antworten auf die Frage lieferten, was zur Lösung der Situation beitragen könnte. Bevor ich die Frau wiedertraf, formulierte ich drei Fragen, die ich aus meinem Traum entnommen hatte und schrieb diese auf ein Blatt. Als wir anfingen, miteinander zu sprechen überreichte ich ihr den Zettel und sagte ihr, dass sie diese Fragen einfach auf sich wirken lassen solle.

Es ging dabei nicht um die Antwort auf diese Fragen, schon gar nicht in meine Richtung, sondern darum, etwas in ihrem Innersten in Bewegung zu setzen. Ihr fassungsloser Blick im Ergreifen des Kernthemas, das sich ihr über die Fragen offenbarte, sagte mehr als tausend Worte. Wir sprachen lange miteinander, lachten und weinten, und ich fühlte in ihrer Hilflosigkeit unendlich mit ihr, die ich zu Beginn meiner Beziehung zu Josh auch so deutlich gespürt hatte. Es wurde schnell klar, dass sich die Frage, ob sie das Pferd behalten oder abgeben sollte, gar nicht mehr stellte. Sie war durch den Sturz in ihrem Leben an einem Punkt angekommen, an dem sie beginnen konnte, sich mit sich selbst und von ihr lange ausgeblendeten Lebensthemen auseinander zu setzen.

In dieser und allen darauffolgenden Begegnungen, zeichnete sich in mir immer deutlicher ab, dass mein Wunsch, therapeutisch tätig zu sein, aus der Motivation entsprungen war, mich selbst „gut" zu fühlen. Ein Teil in mir wollte gefeiert werden, als der „Retter in der Not", und dabei übersah ich die längste Zeit, dass ich selbst der Rettung bedurft hatte. Ich hatte mich zu diesem Zeitpunkt seit einiger Zeit einem Menschen anvertraut, der mich auf meinem Weg der Bewusstwerdung meiner inneren Prozesse begleitete. Er stand, ebenso wie ich es erstmalig in dem Erlebnis mit der Frau gespürt hatte, einfach zur Verfügung und hatte keinerlei Erwartung. In dieser Zeit konnte ich teilhaben an all seinem Wissen und seiner Erfahrung und mir wurde vor Augen geführt, wie Selbstlosigkeit im menschlichen Miteinander gelebt werden kann.

Im Hinblick auf die Arbeit mit Menschen und Pferden wurde mir durch die Erfahrung mit der Frau und ihrem Pferd bewusst, dass die Problematik eines Pferdes oft nur dem Menschen als Hinweis dient, um sich einem Thema näher zu widmen oder sich mit einem Aspekt von sich selbst zu verbinden. Und im Idealfall die Zusammenhänge zu erkennen und in der Folge nach und nach alles zu einem stimmigen Bild zusammenzufügen.

Im Anschluss an das Gespräch, fragte mich die Frau, ob wir einen gemeinsamen Spaziergang machen wollten. Ich stimmte zu und schlug ihr vor, während des Spaziergangs ein paar Aufnahmen von ihr und ihrem Pferd zu machen. Es war eine gute Gelegenheit meine neue Kamera auszuprobieren, die ich mir kurz zuvor gekauft hatte. Als ich - wieder zu Hause angekommen - die Bilder betrachtete, fiel mir etwas auf, was ein deutliches Zeichen für meinen weiteren Weg war.

In jedem einzelnen Bild zeigten sich alle Facetten der Beziehung zwischen der Frau und ihrem Pferd auf einer sehr tiefen Ebene. Es waren keine klassischen, gestellten und geschönten Bilder, sondern Momentaufnahmen all dessen, was sich in der wirklichen Beziehung zwischen Mensch und Pferd abspielt. Die Momente, in denen wir uns selbst in all unseren Aspekten in einem Pferd begegnen - offen, authentisch und annehmend.

So, wie sie sich mir in der tiefen Verbundenheit zu ihrem Pferd zeigte, schien sie die Tatsache, ständig fotografiert zu werden, völlig vergessen zu haben. Ihre Rückmeldung auf die Bilder, die ich ihr ein paar Tage später zukommen ließ, war überwältigend. Sie sagte, dass sie sich im Zusammensein mit ihrem Pferd noch nie zuvor in dieser Weise gesehen hätte. Dies verhalf ihr zu der endgültigen Entscheidung, das Pferd zu behalten und sich dem zu widmen, was ihr vor allem durch die Bilder aufgezeigt wurde - die tiefe und heilsame Verbindung zu ihrem Pferd. Sie war bereit, noch einmal von vorne zu beginnen, in der

Beziehung zu ihrem Pferd neue Wege einzuschlagen, um sich dadurch selbst zu begegnen.

Nur zu gut konnte ich aus eigener Erfahrung nachempfinden, wie viel Überwindung es sie kostete innenzuhalten und den ersten Schritt zu gehen, der sie in ihre innere Dunkelheit führen würde.

Oft wissen wir nicht oder haben vergessen, was hinter den verschlossenen Türen verborgen ist, wenn wir in dem dunklen Flur stehen, von dem alle Wege in die Tiefen unseres Innersten führen. Es kann passieren, dass wir beim Öffnen einer Tür von einer Flutwelle der Erinnerung an verdrängten Schmerz überschwemmt werden, verzweifelt nach Luft ringen und das Gefühl haben darin zu ertrinken. In diesen Momenten ist es hilfreich, in Begleitung eines Menschen zu sein, der sein Inneres nach und nach vollkommen hat fluten können und auf einem Floß an die Oberfläche geschwommen ist. Einem Floß, welches gebaut ist aus Stämmen der Klarheit und Gewissheit, die uns versichern, in dieser Flut nicht zu ertrinken. So sehr es sich in diesen Momenten auch danach anfühlt.

Meine Freude über die Entscheidung der Frau, sich auf einen mitunter schmerzhaften Wachstumsprozess einzulassen, war unermesslich. Alles was ich getan hatte, war ihre eine Kerze in die Hand zu drücken, die ihr den Weg in ihre eigene Tiefe etwas erleichtern würde. Sie konnte sich auf den Weg machen und ich versicherte ihr, dass mein Floß immer für sie bereitstehen würde. Die Begegnung mit ihr bereicherte mein Leben ungemein und der Fokus meiner Arbeit richtete sich von da an auf das, was sich in der Beziehung von Mensch und Pferd wirklich abspielte. Je öfter ich Menschen im Zusammensein und Umgang mit ihren Pferden erlebte, desto tiefere Einblicke bekam ich in die zugrundeliegende Gesetzmäßigkeit.

Nachdem ich einige Monate lang den Großteil meiner Zeit mit mir selbst und den Pferden verbracht hatte, entschied ich mich dazu, den Hof wieder für Menschen zu öffnen. Allerdings mit der inneren Gewissheit, mich dabei von niemandem mehr abhängig zu machen oder Kompromisse einzugehen, die zu meinen Ungunsten ausfallen.

Wie ich es schon in all den Jahren in diversen Ställen erlebt hatte, sind sehr viele Beziehungen zwischen Menschen und Pferden von subtiler Unzufriedenheit geprägt und der Unfähigkeit vieler Menschen, Verantwortung zu übernehmen. Dass meine Idee von Verantwortungsübernahme für meine Pferde nicht dem allgemeinen Verständnis anderer Menschen entsprach, wurde mir vor allem in den Erlebnissen mit Cloud vor Augen geführt. So wie in Bezug auf meine Kinder, sah ich meine Verantwortung gegenüber den Pferden vor allem darin, gut für mich selbst zu sorgen. Wenn ich nicht bereit bin, Kraft für mein Wohlergehen aufzubringen, werde ich auch keine Kraft aufbringen können, um ein anderes Lebewesen zu versorgen. Nur wenn ich in meiner Kraft stehe, kann sich der Raum in mir öffnen, in dem sich auch mein Gegenüber fallen und auffangen lassen kann. Im Laufe der darauffolgenden Zeit, bekam ich das Ausmaß dieser Erkenntnis im Zusammensein mit anderen Menschen immer mehr zu spüren.

Meine Arbeit mit den Pferden veränderte sich vollkommen und ich verließ konsequent alle konventionellen Wege, die ich bis dahin beschritten hatte. Die Fotografie von Menschen im Zusammensein mit Pferden nahm einen immer größeren Platz meiner Arbeit ein und ließ mich immer tiefer in die Beziehungsstruktur blicken. Auch in diesem Punkt ging es mir weder um teure Ausrüstung oder professionelle Bildbearbeitung, noch um das Besuchen von Lehrgängen zum Erlernen der Technik des Fotografierens.

Menschen, die ich im Zusammensein mit ihren Pferden fotografierte, zeigten sich sehr ergriffen, wenn sie die Bilder betrachteten. Sie drückten ichren tiefen Dank darüber aus, sich einmal auf diese Weise sehen zu dürfen. Die Bilder gaben den Menschen die Möglichkeit, in ihr eigenes Herz zu blicken.

Im Laufe der Jahre fotografierte ich Menschen mit Pferden, wann immer ich das Gefühl hatte, dass zwischen ihnen eine authentische Begegnung stattfand. Selbst in den geplanten Shootings fiel sehr schnell der Schleier der Verstellung und dem Wunsch, sich von seiner besten Seite zu zeigen. Das, was ich einfangen wollte war nicht die beste Seite, sondern die wahrhaftigste.

Wahrhaftigkeit wurde zu dem roten Faden in der Arbeit mit Menschen und Pferden. In diesem Punkt, und auch allen anderen in meinem Leben, war es mir nicht mehr möglich, auf den eingeschlagenen Wegen umzukehren. Viele Menschen hatten sich seit dem Beginn meines inneren Prozesses im Außen von mir abgewandt, aber es fiel mir immer leichter sie gehen zu lassen. Ihr Weggang hinterließ nicht mehr das Gefühl in mir, versagt oder falsche Entscheidungen getroffen zu haben. Mit zunehmender Klarheit und Akzeptanz konnte ich erkennen, dass ihnen mein Weg und meine Art und Weise, ihn zu beschreiten, Angst machte. Oft genug hatte ich erlebt, wie Menschen aus Angst vor dem, was ich bin und wie ich mich lebe, angefangen hatten mich zu verurteilen. In dem Versuch mich zu schwächen oder zu zerstören, fühlten sie sich stark und mächtig.

In all den Jahren, in denen ich vielerorts mit Pferden und Menschen zusammen gewesen war, bekam ich umfassende Einblicke in alle Facetten der Angst und deren Konsequenzen im Zwischenmenschlichen. Als mir in der Folge der Ereignisse mit Cloud zum ersten Mal wirklich bewusstwurde, dass die Reaktionen all meiner Mitmenschen auf mich aus mir selbst heraus - als Spiegelung meiner inneren Prozesse - entstanden waren, hatte ich eine Entscheidung zu treffen: ein Leben in ständiger innerer wie äußerer Kriegshaltung oder der endgültige Friedensschluss mit mir und dem Leben.

Als immer mehr innere wie äußere Ruhe in meinem Leben Einzug nahmen, spürte ich, welch unfassbare Energie ich jahrzehntelang aufgebracht hatte, um diesen Krieg auf verschiedenen Ebenen aufrecht zu erhalten. Es war keine bewusste Entscheidung dies zu tun, aber es wurde eine bewusste Entscheidung es zu unterlassen.

Alle Pferde, die mich im Lauf meines Lebens begleitet hatten, haben mir in unzähligen Momenten den Weg in meine inneren Räume gezeigt, an deren Wänden Bilder des Friedens und der Ruhe hingen. Immer häufiger konnte ich in sie eintreten, darin verweilen und sehen, dass sie in mir ebenso vorhanden waren, wie all die anderen Räume. Mein Dasein verstand ich als ein Haus mit unendlich vielen Räumen, in denen ich alles finden konnte, was mich als Mensch zusammensetzt: alle vergangenen Erfahrungen, meinen gegenwärtigen Zustand und eine im Nebel verborgene Idee meiner nicht gelebten Potentiale.

Nahezu dreißig Jahre meines Lebens hatte ich damit zugebracht, mich in den Räumen der Vergangenheit aufzuhalten und die Bilder zu betrachten, die ich dort in den ersten Jahren meines Lebens aufgehängt hatte. Mein Blick auf sie war geprägt von Widerstand und Ablehnung. Ich konnte und wollte mich nicht mehr mit ihnen identifizieren, aber konnte auch nicht davon ablassen, sie immer wieder zu betrachten.

Je tiefer ich in die Beziehungsstruktur zwischen mir und den Pferden eintauchte, desto deutlicher sah ich, dass ich auch jedes der Pferde in meiner inneren Bildergalerie finden konnte. Jedes einzelne von ihnen war das Abbild eines Aspektes von mir. Trennende Bezeichnungen wie „Mir“ und „meine Pferde“ hoben sich auf und ich spürte die Notwendigkeit der tiefen Auseinandersetzung mit den einzelnen Aspekten und deren Integration.

In dem beginnenden Prozess der Selbstwahrnehmung passiert es gerade zu Beginn häufig, dass wir zwar den Weg in unsere innere Bildergalerie antreten, aber uns dort aus Gewohnheit nur bei den Bildern aufhalten, die uns vertraut sind. Wir haften ihnen an, obwohl wir sie so sehr ablehnen. Die Räume, in denen wir Bilder unseres tief verborgenen Schmerzes vermuten, sparen wir gänzlich aus und hoffen, dass der Nebel der Zeit die Szenen einhüllt, wenn wir nur lange genug die Türen verschlossen halten. Die Räume, in denen jene Bilder hängen, die uns einen Einblick in all unsere Potentiale und unbelebten Aspekte geben könnten, sparen wir aus Angst vor dem Unbekannten jedoch ebenso aus.

Als ich die Entscheidung getroffen hatte, mir selbst in all meinen Aspekten begegnen zu wollen, wurde mir klar, dass das Betreten meiner allumfassenden Bildergalerie unausweichlich sein würde. Durch gezielte und bewusste Konfrontation und Auseinandersetzung mit allen Facetten meines Selbst gelang mir nach und nach der Rundgang durch alle Räume in meinem Innersten.

Zu Beginn zog es mich automatisch zu den mir vertrauten Bildern. Je länger ich diese betrachtete, desto deutlicher sah ich, dass es nur leblose Szenen längst vergangener Zeit waren. Alte, eingestaubte Bilder, dennoch so vertraut und anziehend, die mich immer wieder in ihren Bann zogen und mich verleiteten, an ihnen festzuhalten. Meine angstvollen Aspekte hielten an diesen Bildern fest. Denn sie waren es, die keine Vorstellung davon hatten, dass das Leben nicht nur aus Selbstvorwürfen, Verunsicherung und Drama besteht.

Ein anderer Aspekt jedoch nahm diese Bilder zur Kenntnis, aber er spürte, dass die weiteren Räume noch etwas bereithielten, das der näheren Betrachtung bedurfte. So oft es mir möglich war, betrat ich die Räume, deren Bilder eine Vision all meiner nicht gelebten Aspekte vermittelten. Darin fühlte ich mich wohler, denn sie gaben mir die Hoffnung auf die Entwicklung von etwas Neuem in mir, das mit den alten Bildern nichts mehr zu tun hatte. Sehr lange pendelte ich zwischen all den Bildern hin und her, die meine Vergangenheit darstellten und denen, die mir eine Vision davon gaben, wohin meine Entwicklung noch gehen könnte. Immer wenn ich beim Verlassen des Hauses in den Flur zurückkehrte, erblickte ich zwei Türen, zu deren Öffnen ich mich noch nicht bereit fühlte: eine Tür, die in den dunklen Keller unter mir führte und eine Tür über mir, aus deren Spalt gleißend helles Licht schien. Helles, warmes und einladendes Licht, das mich, ebenso wie die Dunkelheit unter mir, in seinen Bann zog.

Alle Räume, die sowohl die Verbindungen zu der einen, wie zu der anderen Seite herstellten, waren mir inzwischen wohl vertraut. In einigen hatte ich auch schon begonnen, Bilder abzustauben, um sie in aller Klarheit anzusehen und abschließend abzuhängen. Andere schmiss ich voller Wut und Verzweiflung zu Boden und fragte mich, wie ich sie so lange hatte hängen lassen können. Wieder andere betrachtete ich mit Freude und dem Gefühl, etwas für mich Stärkendes aus ihnen ziehen zu können. Und je länger ich mich in diesem Haus aufhielt, desto deutlicher spürte ich, dass all die Auseinandersetzungen mit den Bildern auch Konsequenzen für mein Leben außerhalb des Hauses haben würden. Denn jeder Eintritt in das Haus in Form einer Meditation beinhaltete auch die Gefahr, mich darin zu verlieren, zu flüchten und zu glauben, dort meinen Ausweg aus den Schwierigkeiten des Lebens zu finden.

Flucht kam für mich jedoch an diesem Punkt meines Lebens nicht mehr in Frage. Mir wurde bewusst, dass die Chance, die sich mit dem Betreten meines inneren Hauses für mich ergeben hatte, in dieser Form einmalig war. Würde ich das Haus nun wieder verlassen und die Tür hinter mir schließen, dann bliebe sie für ungewiss lange Zeit oder vielleicht für immer verschlossen. Wie all die Jahre zuvor hätte ich auch diesmal genügend Gründe gefunden, sie zu verschließen und mich wieder anderen, scheinbar „wichtigeren", Dingen zuzuwenden.

Das Leben bietet unendlich viele Möglichkeiten, um sich von sich selbst und dem Prozess der Bewusstwerdung abzulenken. Ich war des Ablenkens in alle Richtungen meines Lebens müde geworden und wollte die Chance, die sich aufgetan hatte, endlich nutzen. Und ich war bereit, alle daraus entstehenden Konsequenzen auf mich zu nehmen.

Die Zuordnung all der Pferde zu einem Tierkreiszeichen und die Begehung meiner inneren Bildergalerie waren Bausteine des großen Ganzen, das sich nach und nach zusammenfügte.

In Merlot erkannte ich den Aspekt in mir, der unter ständiger körperlicher Anspannung steht und der sich sehr instinktiv verhält.

Frieda verkörperte den Aspekt, der, als erdverbundene „Mutter-Natur“, bestrebt ist stabile Verhältnisse im Zusammenleben zu schaffen und zu wahren.

In Josh erkannte ich den mir so vertrauten Aspekt, der sich in allen Belangen des Lebens von der „Stimme des Herzens“ leiten lässt und die Konfrontation mit seiner dunklen Seite nicht scheut.

Cloud verkörperte den Aspekt in mir, der auf der Suche nach seelischer Sicherheit und Geborgenheit ist und das Erleben von Mitgefühl ermöglicht.

Ich sah in Lloyd den Aspekt von mir, der Selbstsicherheit verkörpert, in sich ruht und als strahlende Sonne über alle ihn umgebenden Wesen wacht.

In Muckel erblickte ich den Aspekt meiner Nüchternheit und Kindlichkeit, der in einer sehr unaufdringlichen Art Anlehnung sucht.

Morgana drückte den Aspekt in mir aus, der immer bestrebt ist in allen Bereichen des Lebens ein harmonisches Gleichgewicht herzustellen.

In Schimmi erkannte ich den Aspekt in mir, der sich immer wieder mit dem Prozess des Sterbens und Werdens auseinandersetzt und den Tod gleichbedeutend neben dem Leben wahrnimmt.

Odin stand für den Aspekt in mir, der fähig ist das Leben ganzheitlich zu betrachten, allgemeingültige Werte zu entwickeln und den „großen Plan" des Lebens zu durchschauen.

In Kara erkannte ich den Aspekt, der mich befähigt Verantwortung zu übernehmen, mich selbst zu beschränken und das Verständnis der Zeit zu entwickeln.

Bella stand für den originellen und ungewöhnlichen Aspekt in mir, der in der Regel das Gegenteil von dem tut, was von ihm erwartet wird.

Und Blacky verkörperte den Aspekt in mir, der die Zusammenhänge, die hinter den Dingen verborgen sind - die allumfassende Liebe – entdecken möchte und bereit ist, alle Illusionen aufzugeben und sich der Sinnhaftigkeit allen Seins vertrauensvoll hinzugeben.

In dem Moment, in dem alle Zusammenhänge zwischen mir und den Pferden offen vor mir lagen, verstand ich plötzlich, warum genau diese Energien in mein Leben getreten waren. Einige Pferde hatten sich im Laufe der letzten zehn Jahre auch wieder aus meinem Leben verabschiedet. Entweder, da sie an die Seite eines anderen Menschen gehörten oder weil der Aspekt, für den sie standen, im Moment ihres Todes von mir noch nicht erkannt und in mein Dasein integriert werden konnte.

Als Nova starb und ich durch ihren Tod zum ersten Mal eine wirkliche Verbindung ihres Wesens zu mir und meinem Leben herstellte, konnte ich den „dunklen“ Teil in mir, für den sie gestanden hatte, gehen lassen. Dass der Aspekt, der durch ihr Wesen in Erscheinung getreten war, jedoch noch immer berechtigte Relevanz in meinem

Dasein besaß, wurde deutlich, als Merlot in mein Leben trat. In seinem Wesen zwar ebenso durchsetzungsstark und unbeugsam wie Nova, jedoch auf einer völlig anderen, hellen und aggressionslosen Ebene.

In Folge der gewonnenen Klarheit in Bezug auf die wirkliche Verbindung zwischen mir und den Pferden verbrachte ich die Monate im Anschluss mit intensiven Beobachtungen. Ich setzte ihre individuellen Verhaltensweisen in Beziehung zu mir und allen Menschen, die ihnen begegneten. Im Verlauf der intensiven Auseinandersetzung mit meinen inneren Prozessen und der schrittweisen Konfrontation mit, und Auflösung all dessen, was sich darüber zeigte, konnte ich auch im Herdenverhalten der Pferde Veränderungen beobachten. Es kehrte eine nie dagewesene Ruhe ein. Alle Pferde standen miteinander in Verbindung und es kristallisierten sich immer wieder kleine und größere Gruppen heraus, die intensiver miteinander zu tun hatten. Auffällig war, dass keines der Pferde aus der Gruppe ausgegrenzt wurde und sich keine heftigeren Auseinandersetzungen ereigneten.

In dem Maß, in dem ich innerlich zur Ruhe kam und so etwas wie Harmonie und Frieden in meinem Dasein empfand, spiegelte sich ebendas im Verhalten der Pferde und Herdendynamik. Nach und nach erlebte ich jedes Pferd in seiner ganz individuellen Rolle: im Kontext seines Lebens als Pferd einerseits und andererseits als einen Aspekt von mir, der als Energieform durch mein Wesen wirkte.

Lloyd stellte in all den Jahren unseres Zusammenseins immer deutlicher seine Position als Leittier der Herde heraus. Nie habe ich beobachtet, dass er seine Stellung in einer aggressiven oder übertriebenen Art und Weise behauptete. Er verhielt sich den anderen Pferden gegenüber immer fair. Als ich entschieden hatte, nach meiner Zeit des Rückzugs, wieder Menschen mit ihren Pferden auf unserem Hof aufzunehmen, beobachtete ich ein Verhalten bei Lloyd, welches ich zuvor noch nie gesehen hatte. Wenn ein neues Pferd in die Herde kam ging er auf es zu, nahm Kontakt zu ihm auf und schirmte es dann, für einen ungewiss langen Zeitraum, von seiner ursprünglichen Herde völlig ab. In Abhängigkeit des Verhaltens des Pferdes, zog sich diese Prozedur oft über einen ganzen Tag hin. Es schien so, als würde er sich zum Schutz des neuen Pferdes in dessen neuer Lebenssituation völlig zur Verfügung stellen und dabei in Kauf nehmen, sich von seiner Herde abzuwenden. Wenn der Punkt erreicht war, an dem die Eingewöhnungsphase vorüber war, ließ Lloyd den Rest der Herde gewähren, um Kontakt zu dem neuen Pferd aufnehmen zu können.

Seitdem alle Pferde gemeinsam in einer großen Herde leben, ist es nur zweimal vorgekommen, dass Lloyd weder Interesse an Kontaktaufnahme zu dem neuen Pferd, noch die Bereitschaft zur Integration in die Herde gezeigt hat. Nachdem die Menschen an der Seite dieser Pferde unseren Hof nach kurzer Zeit wieder verlassen hatten, wurde mir bewusst, dass eine Integration in diesen beiden Fällen für Lloyd nicht notwendig schien, da sie von Seiten der Menschen gar nicht gewünscht war. Lloyd hatte mir dies durch sein sofortiges und eindeutiges Verhalten nach Eintreffen der Pferde angezeigt. All meine weiteren Bemühungen im Zwischenmenschlichen auf eine gemeinsame Linie zu kommen, konnten nur ins Leere laufen.

Es war einer der unzähligen Momente, in denen er in seinem Verhalten zu mir sprach und sagte: „Mach die Augen auf und sieh genau hin. Das passt nicht zusammen“.

Wir sind so sehr daran gewöhnt mit verschlossenen Augen durch das Leben zu irren, dass wir mit dem grellen Licht, welches beim allmählichen Öffnen langsam in unsere Augen scheint, völlig überfordert sind. Alles ist verschwommen und von dichtem Nebel umgeben. Wir verlieren die Orientierung, da wir uns in der Dunkelheit unseres Lebens eingerichtet und zurechtgefunden hatten.

Als Lloyd mir durch sein Verhalten zum ersten Mal deutlich anzeigte, dass die Begegnung in diesen beiden Mensch-Pferd-Konstellationen keinen Bestand haben wird, konnte ich seine Zeichen zwar sehen, aber noch nicht gänzlich verstehen. Dies gelang mir erst beim zweiten Mal und damit auch eine klare Verabschiedung von dem Menschen, seinem Pferd und der Situation. Lloyd war, wie schon beschrieben, immer das Pferd, welches mir in völliger Klarheit bevorstehende Veränderungen in meinem Leben anzeigte. Seine Strahlkraft wies mir in vielen Momenten der Orientierungslosigkeit den Weg in die innere Klarheit.

Heute sehe ich, warum gerade er mein erstes Pferd war. Er, der für den Aspekt unendlicher Energie und Klarheit bringende Helligkeit in mir steht. In den ersten Jahren unseres Zusammenseins hatte ich zu Lloyd eine eher distanzierte Beziehung. Mir fiel es schwer, ihn als Aspekt meiner selbst in allen Facetten, die sich durch ihn zeigten, anzunehmen. Im Zuge meines inneren Prozesses veränderte sich die Beziehung zwischen Lloyd und mir und es wurde ein tiefes Verständnis füreinander spürbar. Wir hatten viele Jahre miteinander verbracht und auf einmal sah ich durch ihn hindurch und „erkannte“ ihn als einen Aspekt meiner selbst.

Mit dem Erkennen seines wirklichen Wesens fielen alle Ideen von mir ab, die ich im Lauf der Jahre im Zusammensein mit ihm entwickelt hatte. Meine Vorstellung, mit ihm auf ähnliche Art und Weise zu „arbeiten“, wie es sich in den letzten Jahren mit Josh ergeben hatte, löste sich schlagartig in Luft auf.

Eines Tages verspürte ich Lust etwas mit Lloyd zu unternehmen. Ohne eine genaue Idee davon, was das sein würde, holte ich ihn von der Koppel und fing an ihn zu putzen. Wir waren alleine auf dem Hof und die äußere Stille ließ mich auch innerlich völlig zur Ruhe kommen. Ohne länger darüber nachzudenken, ebenso wie in der Szene mit Josh nachts alleine im Wald, holte ich nur einen Halsring aus der Sattelkammer, setzte mich auf Lloyd und ritt in den Wald.

Wir waren lange unterwegs und ich hatte das Gefühl eine weitere, tiefere Dimension von Freiheit und Vertrauen im Zusammensein mit einem Pferd spüren zu dürfen. Es war eine weitere Entscheidung, mich dem Leben völlig anzuvertrauen und meinen Weg nicht mit Ängsten und Gedanken an potentielle Gefahren zu verbauen. Als wir den langgezogenen Waldweg erreichten, den ich hin und wieder auch schon mit Loyd entlanggaloppiert war, blieb mir nur ein kurzer Moment der Entscheidung, ob ich dies auch jetzt tun wollte: auf meinem größten Pferd, ohne Sattel und Zaumzeug, und somit ohne jegliche „Kontrolle“.

Lloyd hatte schon immer meine inneren Impulse gespürt und auf seine Art und Weise umgesetzt, oft bevor sie mir bewusstgeworden waren, und setzte zum Galopp an. Anfänglich war ich etwas in Sorge, ob alles gutgehen würde, da Lloyd dazu neigt, in den ersten Galoppsprüngen zu buckeln. Ohne Sattel hätte ich kaum eine Chance gehabt auf ihm sitzen zu bleiben, aber die Sorgen waren, wie in vielen anderen Momenten meines Lebens, vollkommen überflüssig.

Als Lloyd zum ersten Galoppsprung ansetzte, sich lang nach vorne streckte und kein Anzeichen zeigte, zu buckeln, ließ ich den Halsring, an dem ich mich anfangs noch etwas festgehalten hatte, locker um seinen Hals hängen und gab mich dem Gefühl völlig hin. Er wurde von Sprung zu Sprung schneller und in mir breitete sich eine nie dagewesene Leichtigkeit und Freude im Zusammensein mit ihm aus. Es war der Moment, in dem ich mit dem Aspekt, für den er in mir steht, zum ersten Mal wirklich bewusst in Berührung kam. Es war der Moment, in dem zum ersten Mal in meinem Leben mit den Pferden bewusst die Sonne in mir erstrahlte und jeden Winkel durchflutete.

Die Erinnerung an tief verschüttete kindliche Freude brach an die Oberfläche und nahm mich gänzlich ein. Ich fühlte mich an die Jahre meiner Kindheit und Jugend zurückerinnert, in denen ich, vor allem mit Schimmi, ähnliche Gefühle hatte, wie in diesem Moment mit Lloyd. Als junger Mensch hatte ich mir im Zusammensein mit Pferden keine Gedanken über mögliche Gefahren oder Konsequenzen meiner Handlungen gemacht. Ich erlebte die Momente an der Seite der Pferde in völligem Einklang mit allem, was mich umgab.

Der Kopf hält in der Regel alle Argumente der Angst und Vernunft für uns bereit. Und je mehr wir uns daran orientieren, desto enger werden die Pfade auf denen wir uns durch das Leben bewegen.

Als Kind hatte ich im Zusammensein mit den Pferden das Gefühl in eine eigene Welt einzutreten. Ich fühlte mich in ihr geborgen und breite Wege luden mich dazu ein, auf den Rücken der Pferde die Schönheit und Vielfalt des Lebens zu entdecken. Mit Schimmi verbrachte ich unendlich viele Stunden in den umliegenden Feldern und Wäldern seines damaligen Stalls. In diesen Momenten konnte ich mir Sträuße aus den Blumen der Lebensfreude und Zufriedenheit pflücken, die die Wege säumten, auf denen ich mit Schimmi unterwegs war.

Es war mir im Zusammensein mit Pferden immer möglich, Sträuße zu pflücken, doch wieder im Alltag des Lebens angekommen, verwelkten diese sehr schnell. Meine innere Verunsicherung, meine Selbstzweifel und meine Ängste füllten die Vase in mir gänzlich auf, sodass für die Blumen darin kein Platz blieb. Zumindest war es mir immer wieder möglich, mich wenigstens für kurze Zeit am Duft und der Farbenprächtigkeit des Straußes zu erfreuen.

Es sollten dreißig Jahre vergehen, bis mir bewusstwurde, dass die Freude in meinem Leben weder im Pflücken der Blumen, noch in dem Versuch, diese in einer Vase zu erhalten, bestehen kann. Ich musste erkennen, dass jeder Strauß, so schön er auch ist, früher oder später verwelkt. Und dass meine Aufgabe darin besteht, die Vase in meinem Inneren von all dem alten, wovon sie angefüllt war, zu befreien.

Als ich spürte, dass im Zuge meiner inneren Veränderungen, die Beziehung zu den Pferden intensiver und tiefer wurde, war ich immer geneigt, all die schönen Erlebnisse in Form von bunten Sträußen in meine Vase zu stellen. Endlich hatte ich das Gefühl, dass sich in meinem Leben etwas wirklich zum Positiven hin verändert hatte, was ich um jeden Preis erhalten wollte. Ich war in meinem inneren Haus auf die Tür zugegangen, hinter der ein Strahlen verborgen war, welches mich gänzlich in seinen Bann zog. In vielen Momenten mit den Pferden, in denen ich in tiefe meditative Zustände versunken war, hatte ich einen Zugang zu diesem Licht erhalten und hatte mich davon ausfüllen lassen.

Da wir uns so sehr in der Dunkelheit eingerichtet haben, die uns viele Jahre unseres Lebens umgeben hat, fällt es uns zu Beginn unserer Bewusstwerdung schwer, mit dem Licht in Kontakt zu treten. So gut es mir einerseits immer wieder tat, in Versunkenheit und Stille diesem Licht in mir zu begegnen, so sehr verunsicherte es mich andererseits auch, da es mir so wenig vertraut war.

Das Licht bot mir ebenso die Möglichkeit, mich darin zu verlieren und Zuflucht zu suchen, ebenso wie die wohlvertraute Dunkelheit. Lange Zeit stand ich in meinem inneren Flur, von dem all die Räume abgingen, die ich nach und nach betreten hatte. Als ich den Eintritt in die Helligkeit über mir gewagt hatte und mich dort zunehmend wohler fühlte, drängte sich der Schritt in die wirkliche Dunkelheit unter mir immer mehr auf.

In meinem Leben fühlte ich mich inzwischen zufriedener, als ich es je zu hoffen gewagt hätte. Alles Innere wie Äußere schien sich in gute Richtungen zu entwickeln. Das Gefühl der Orientierungslosigkeit hatte nachgelassen und ich spürte, dass ich mich in der Arbeit mit den Pferden wieder auf „meinem" Pfad befand. Ich konnte alle positiven Entwicklungen annehmen und hatte endlich das Gefühl, in mir selbst angekommen zu sein. Jedoch hatte ich die ganze Zeit sehr erfolgreich ausgeblendet, dass es noch einen Raum in mir gab, den ich noch nicht betreten hatte. Und ich wusste, dass kein Weg daran vorbeiführen würde, wenn ich mich und mein Leben als Ganzes begreifen wollte. Dieser Raum war aus gutem

Grund ein Leben lang von mir gemieden worden und wartete darauf, endlich betreten zu werden.

Im Zuge der inneren Auseinandersetzung und der Entscheidung, diesen Raum in mir zu betreten, überschlugen sich die Ereignisse in meinem Leben. Trotz der Tatsache, an einem Punkt in meinen Leben angekommen zu sein, an dem ich mich im Kontext meines Lebens so stimmig gefühlt hatte, wie nie zuvor, stellte ich auf einmal alles in Frage. Ich war mir nicht mehr sicher, ob das wirklich das Leben war, das ich führen wollte.

Durch das Betreten der einzelnen Räume in mir, war ich mit so vielen Aspekten in Berührung gekommen, die mich faszinierten und deren Beleben ich mir immer verboten hatte. Aus Angst davor, in diesem Leben nicht verankert zu sein, traf ich als junger Mensch Entscheidungen die mich so fest verankerten, dass ich mich davon auf einmal total eingeengt fühlte. Der Einblick in mein neues Ich ließ mich den Wunsch verspüren, mich von diesen Verankerungen zu lösen und davon befreit den neu entdeckten Aspekten in mir hinzugeben.

Bis ich in einem kurzen Moment der Klarheit sah, dass das Gefühl der Einengung nur in meiner Vorstellung existierte und es für mich in Wirklichkeit keine Entscheidung darüber zu treffen gibt, welchen Weg ich in meinem Leben weiterhin beschreiten möchte. Dass in diesem Moment einzig und allein ein Weg vor mir lag, den es zu betreten galt: den Weg hin zu dem letzten Raum in mir. Etwas in mir wusste, dass alles, was auf meinem weiteren Lebensweg für mich bestimmt war, zum passenden Zeitpunkt in Erscheinung treten würde.

Es war an einem verregneten Morgen, als ich inmitten all der Pferde auf dem Paddock stand und dort saubermachte. Eine wohl vertraute und völlig alltägliche Szene meines Lebens. Durch einen langen inneren Prozess hatte ich die Bereitschaft in mir entwickelt, den lange verschlossenen Raum in mir endlich zu betreten. Eine allumfassende und dumpfe Angst überkam mich, da ich nicht wusste, was sich darin zeigen würde.

Immer wieder hatte ich die Erfahrung gemacht, dass sich Aspekte in mir, welche ich versucht hatte auszublenden und in tiefe Winkel meines Seins zu verbannen, im Moment des Ansehens und Annehmens begannen aufzulösen. Viele dieser Aspekte lösten beim Anblick Schmerz in mir aus, da sie an vergangene Erinnerungen geknüpft waren.

Als ich anfing, mich mit dem Schmerz zu konfrontieren und ihn als das zu sehen, was er war - nur die Erinnerung an vergangene Szenen meines Lebens - konnte ich beginnen, ihn aufzulösen. Es war ein Prozess des Betrachtens meiner inneren Bildergalerie, der Versöhnung mit den damit verbundenen Emotionen und des Loslassens. Doch erst mit Betreten des letzten verschlossenen Raumes in mir, bekam ich eine leise Ahnung davon, was Schmerz wirklich bedeutet.

Ich stand inmitten all der Pferde und plötzlich wurde mir bewusst, dass ich mein Leben lang versucht hatte, im Äußeren meines Lebens Antworten auf die Fragen meines Inneren zu finden. All die Antworten, die ich im Außen bekommen hatte, hatten immer den Fragen aus meinem Inneren entsprochen.

Zeit meines Lebens war ich nur fokussiert auf die Antworten und verlor dadurch den Blick auf die eigentlichen Fragen. Die Fragen nach dem Sinn meines Lebens, nach meinem Platz im Leben und danach, wie ich das kindliche Gefühl des Eingewoben-Seins wieder erreichen kann. Ich wollte begreifen, wie aus dem Punkt meines Daseins im Laufe all der Jahre ein Fragezeichen hatte werden können.

Als ich den letzten Raum in mir betrat, mich anfing darin umzusehen und feststellte, dass er vollkommen leer war, brach ich innerlich wie äußerlich zusammen. Die Schmerzen und die Fassungslosigkeit, die in diesem Moment auf allen Ebenen über mir hereinbrachen, übertrafen alles, was ich zuvor erlebt hatte. Alle Bilder, die ich mein Leben lang verdrängt hatte, zogen plötzlich an mir vorüber und mein Herz schien vor Schmerzen zu zerspringen.

Zu sehen, dass mein ganzes Dasein und Leben aus einer Bildergalerie bestanden hatte, die mein Verstand für real gehalten hatte und mir als mein wirkliches Ich vorgemacht hatte, stürzte mich in tiefe Verzweiflung. Alles, woran ich geglaubt und festgehalten hatte, brach auseinander und ich verlor vollkommen die Orientierung. Das Haus, in dem ich mich eingerichtet und in dem ich mich geborgen gefühlt hatte, fing an allmählich einzustürzen. Und erst im Moment des Einsturzes realisierte ich, dass ich mein ganzes Leben in diesem Haus gefangen gewesen war.

Einerseits war ich erleichtert darüber, dass ich in dem letzten Raum in mir nichts Schlimmes vorgefunden hatte. Andererseits zerriss mich der Schmerz über die Erkenntnis, dass ich durch die ständige Vermeidung von dem Betreten des Raumes, verpasst hatte zu leben. Es war mir unbegreiflich, wie ich mein ganzes Leben vor dem hatte fliehen können, was sich im Moment seiner Offenbarung, als das herausstellte, wonach ich immer gesucht hatte: die vollkommene und selbstverständliche Berechtigung meines Daseins.

Hinter dieser letzten Tür hatte ich die unendliche Anzahl der schmerzvollsten Bilder meines Lebens erwartet und hatte Angst davor, von ihnen überflutet zu werden und darin zu ertrinken. Dass mich stattdessen beim Betreten des Raumes die fraglose Selbstverständlichkeit im Da-Sein erfüllte, überwältigte mich.

Diverse Anlässe in meinem Leben hatten mich diese Selbstverständlichkeit in Frage zu stellen lassen. Die Luft, die ich mir selbst einzuatmen zugestand, genügte gerade um zu überleben. Niemand sollte sich durch meine Anwesenheit in seinem Lebensraum eingeengt fühlen. Unter großem Kraftaufwand sorgte ich stattdessen dafür, meinen eigenen Lebensraum immer mehr einzuengen und mich selbst dabei zuzuschnüren.

Nach der Begegnung mit dem letzten Unbekannten in meinem Inneren brach der Damm aller zurückgehaltenen Tränen meines gesamten Lebens. Wochenlang weinte ich in allen denkbaren Lebenssituationen und versuchte nur im Zusammensein mit anderen Menschen, mir meine Trauer nicht allzu sehr anmerken zu lassen. Um mich diesem Prozess wirklich hingeben und alles zulassen zu können, was an die Oberfläche meines Bewusstseins strömte, verbrachte ich möglichst viel Zeit mit mir alleine. Die Pferde boten mir zudem den Raum, in dem ich einfach sein konnte, ohne mich erklären oder für meine Gefühle rechtfertigen zu müssen.

In dieser Zeit fragte ich mich sehr oft, ob der Strom meiner Tränen je enden würde und woher ich die Kraft nehmen sollte, all das durchzustehen. Nie zuvor war ich in meinem Leben auch nur ansatzweise durch so etwas hindurchgegangen. Selbst die Geburt meiner beiden Söhne erschien mir in Anbetracht dieser Erfahrung vergleichsweise harmlos. Mir wurde zunehmend bewusst, dass die Erfahrungen und damit verbundenen Schmerzen, die ich jahrzehntelang in mir getragen und durch meine Egos gefüttert hatte, sich nicht von heute auf morgen auflösen würden.

Der Weg, den ich eingeschlagen war, hatte mich in mein inneres Haus geführt und es brauchte Zeit, mich mit allem zu konfrontieren, was dort für mich bereitlag. Eine der größten Herausforderungen in dem Prozess der Innenschau war die Geduld mit mir selbst. Mein innerer kindlicher Impuls drängte mich immer wieder dazu aus Angst einfach schnell durch den Flur zu rennen ohne nach rechts und links zu sehen und einen Blick hinter die verschlossenen Türen zu werfen. Dadurch hatte ich überlebt aber ein Teil in mir spürte und sah, dass das wirkliche Leben aufgrund dessen an mir vorübergezogen war.

Nun war der Moment in meinem Leben gekommen, an dem ich mich entscheiden konnte innezuhalten, die Augen zu öffnen und zu sehen, dass alles direkt vor mir lag. Josh hatte mir unübersehbar vor Augen geführt, wohin meine Flucht mich bringt und diese wollte ich endgültig beenden.

Als das Haus anfing einzustürzen sah ich zum ersten Mal seinen Ausgang und erkannte, dass ich immer die Chance gehabt hatte, aus ihm herauszutreten und mich zu befreien. Die Anhaftung an das, was ich glaubte zu sein, hatte jedoch so sehr meine Sicht darauf vernebelt und ließ mich den Ausgang nicht finden. Erst als ich innehielt und bereit war meine Augen für mich selbst zu öffnen und die Wahrheit über mich zu sehen, konnte ich das Haus verlassen und erste Schritte ins Leben wagen. In den Trümmern des eingestürzten Hauses wurde mein altes Ich begraben.

Mein ganzes Dasein war geprägt von Zuständen sehr gegensätzlicher Emotionalität: himmelhochjauchzend oder zu Tode betrübt; weiß oder schwarz; gut oder schlecht. Alle Erfahrungen und Beziehungen versuchte ich zwangsläufig in einer der beiden Extreme oder Nuancen davon einzuordnen. Im Durchschreiten meines inneren Hauses war ich all diesen Erfahrungen und Beziehungen noch einmal begegnet und konnte mit Abstand und einem geklärten Blick sehen, wie viel Lebensenergie mich dieses Einordnen gekostet hatte. Die ständige Beobachtung der Menschen in meinem Umfeld und das Abwägen, Einordnen und Beurteilen ihres Handelns oder ihrer Meinung in Bezug auf mich, nahm in meinem Leben den größten Raum ein.

Neben der Beschäftigung mit den Pferden hatte ich darin das gefunden, was mich am effektivsten von dem Eigentlichen ablenkte: von meinem wirklichen Selbst. Dem Selbst, das einfach nur ist und wahrnimmt. Und liebt. Weil es Liebe ist.

Mir wurde bewusst, dass ich mich zu jeder Zeit meines Lebens mit der Frage beschäftigt hatte, was Liebe wirklich ist. Ich hatte jeden nur denkbaren Weg eingeschlagen, der die Hoffnung für mich barg, sie an seinem Ende zu finden. Bis ich realisierte, dass es das Leben selbst ist. Das Leben, welches alles annimmt, nie Bedingungen stellt, alles umfasst und nichts ausschließt. Das Leben, welches keine Trennlinien zieht, Pläne macht und sich zwanghaft organisiert. Im Leben als solches wird Liebe für uns Menschen sicht- und lebbar.

In dem Haus, welches ich in meinem Inneren errichtet hatte, wollte ich möglichst viele „schöne" Bilder von mir aufhängen. Mein Wunsch war es, eines Tages ein Bild aufzuhängen, das mich von meiner liebenswertesten Seite zeigen würde. Ich bemerkte nicht, dass in jedem Moment, in dem ich ein scheinbar „gutes" oder „schönes" Bild von mir aufhängte, ein anderer Teil in mir den Weg in meine innere Dunkelheit wählte, um dort die gegensätzliche Entsprechung zu platzieren. Immer wenn ich annahm, dass ich über das Sichtbarmachen eines „positiven" Bildes von mir endlich die vollkommene Daseinsberechtigung bekommen würde, füllte sich automatisch die Bildergalerie meiner Selbstablehnung.

Durch den Einsturz des Hauses erkannte ich die Notwendigkeit, alle Bilder, die ich mir je von mir selbst gemacht hatte, aufzulösen und nicht erneut der Versuchung zu erliegen, weitere zu kreieren. Nur dann würde ich dem Leben, als ich selbst, befreit, spontan und unvoreingenommen begegnen können.

Als das Haus verschwunden war, stand ich auf freiem Feld unter einem wolkenlosen, tiefblauen Himmel. Die Erde und das Leben um mich herum waren mir nie zuvor so bunt und friedvoll vorgekommen. Das Leben zeigte sich mir in der ungetrübten Schönheit des Augenblicks. Als ich aufhören konnte, mir ständig etwas beweisen zu müssen und die erschaffenen Bilder von mir aufrechtzuerhalten, wurde auf einmal alles leicht. Frieden wurde spürbar, wenn ich einfach inmitten der Pferde stand und den Greifvögeln zusah, wie sie in stillem Flug über unserem Hof kreisten. Oder wenn ich die Pferde beim Grasen beobachtete und all dem lauschte, was das Leben durch alles hindurch zu uns spricht.

Durch den Lärm des Alltags konnten alle Erzählungen, die das Leben an mich gerichtet hatte, nicht zu mir durchdringen. Diverse „wichtige“ Gedanken hatten stattdessen in aller Vehemenz die Räume meiner Wahrnehmung eingenommen und meine Aufmerksamkeit eingefordert. Doch ich wollte mein Dasein nicht länger mit Gedanken an das Leben zubringen. Ich wollte leben.

Unser Verstand ist mit Sicherheit ein wunderbares Instrument, um hin und wieder Lösungen herbeizuführen, aber er ist nicht unser Leben. Er führt uns ununterbrochen längst vergangene oder zukünftige Bilder vor Augen und versucht uns glauben zu machen, dass diese Bilder unser wirkliches Leben sind.

Mein Verstand produzierte mein ganzes Leben lang Endlosschleifen vergangener Erfahrungen oder angstvoller Gedanken an die Zukunft. Das Vergangene besaß keine Relevanz mehr, außer der Möglichkeit für mich daraus zu lernen und mich weiterzuentwickeln, und in einer gedachten Zukunft spielte sich das wirkliche Leben auch nicht ab.

Durch das Zerdenken und der Beschäftigung mit diversen Dingen in meinem Leben, hatte ich eine wundervolle Ablenkung von der schmerzvollen Begegnung in meinem Inneren gefunden. Alles schien wichtiger, als mich selbst zu betrachten und in mir nach den Antworten auf die Fragen nach der Sinnhaftigkeit des Lebens zu suchen.

Wir haben uns so sehr an den inneren wie äußeren Lärm gewöhnt, dass uns die sich allmählich ausbreitende Stille überfordert und ängstigt. Vielleicht besteht die wirkliche Herausforderung im Leben darin, sich vollkommen darauf einzulassen. Zu wagen, in den Fluss des Lebens einzutauchen und sich vertrauensvoll von ihm davontragen zu lassen, plan- und ziellos. Unser Leben besteht daraus ständig Pläne zu entwickeln und sich Ziele zu setzen, bei deren Erreichen wir die endgültige und anhaltende Zufriedenheit erhoffen. Wir rennen von uns selbst gehetzt durchs Leben, um irgendwann festzustellen, dass wir nie von der Stelle gekommen sind. Da wir außerhalb unserer selbst nach etwas suchen, das wir nur in unserem Inneren finden können.

Den Punkt erreicht zu haben, an dem mein Lben mir jegliches Voranschreiten verweigerte und mich dadurch zum Innehalten zwang, empfinde ich als Gnade. Mir blieb nur noch die Möglichkeit, mich auf einen mir bis dahin unbekannten Weg einzulassen. Den Weg zu mir selbst.

Die Betrachtung von uns selbst und die Konfrontation mit allem, was sich an und in uns zeigt ist das Kostbarste, was wir haben. Wir sehen es nicht und suchen immerfort im Außen nach den Geschenken des Lebens. Erhoffen uns aus diversen Beziehungen, die wir zu Menschen und Tieren eingehen, irgendwann die zu finden, die uns endlich vollkommen glücklich macht. Eine, in der wir das Gefühl haben gebraucht und geliebt zu sein. Doch niemand wird kommen und uns retten und nichts wird groß und wertvoll genug sein, um unsere tiefste Sehnsucht zu stillen. Die Sehnsucht nach uns selbst.

Als mir im Laufe der Jahre bewusstwurde, dass all meine Handlungen im Leben und alle Beziehungen, die ich je eingegangen war aus ebendieser Sehnsucht heraus entstanden waren, ich diese jedoch nur durch mich selbst würde stillen können, wurde es auf einmal sehr ruhig in mir. Es war als fiele mit einem Mal alle Last von mir ab, da ich mich nicht länger darum bemühen musste, etwas zu bekommen, das ich niemals würde bekommen können. Alles was mich umgab, rückte an seinen Platz und ich betrachtete mein Leben durch geklärte Augen. Und ich sah und spürte, dass nicht nur ich mich auf der Suche nach mir selbst befand, sondern jeder Mensch auf seinem individuellen Weg.

Diese Suche war zugleich das Schwierigste und Einfachste, womit ich in meinem ganzen Leben konfrontiert wurde. Das Schwierigste, da ich den Kern meiner Suche mein Leben lang im Außen vermutet hatte, und das Einfachste - im Moment des Realisierens - da die Antwort immer direkt vor mir gelegen hatte. Durch mich selbst.

In all den Jahren hatte ich mich, in der Suche nach dem Sinn des Lebens, selbst so erfolgreich ausgeblendet, dass es anfänglich sehr schwerfiel die Einfachheit der Lösung anzunehmen. Es fiel mir schwer anzunehmen, dass die Antwort auf meine Suche in mir verborgen ist. Dass ich, als ich selbst, in meinem Sein, die Antwort auf all meine Fragen bin. Mein Verstand, dem ich die längste Zeit meines Lebens sehr viel Raum gegeben hatte, mein Dasein zu verkomplizieren und zu problematisieren, statt sich der Wirklichkeit zuzuwenden, sah weder einfache Lösungen, noch klare Antworten auf die Sinnfragen des Lebens vor.

Parallel zu meiner bewussten Entscheidung, meinen Verstand nach und nach zum Schweigen zu bringen, mich endlich gänzlich mit der Stimme meines Herzens in Verbindung zu setzen und das Leben an sich zu Wort kommen zu lassen, veränderte sich noch einmal massiv die Beziehung zu den Pferden. Zwar nahm ich sie noch immer als Pferd in ihrer körperlichen Erscheinung wahr, aber zugleich lagen auch all die Dimensionen ihrer Wesensaspekte vor mir. Wie in einem offenen Buch konnte ich in ihrer aller Geschichte blättern und realisierte immer umfassender, dass ich in meiner eigenen Geschichte blätterte. Jedes einzelne Pferd hatte ich unbewusst an meine Seite geholt, um mich selbst in seinem Wesen zu erkennen.

Ohne mich zu diesem Zeitpunkt näher mit den größeren Zusammenhängen beschäftigt zu haben, fiel mir im Laufe der letzten Jahre, in der Arbeit mit meinen Pferden und mit Menschen, immer wieder auf, dass sich bestimmte Pferd-Mensch-Konstellationen nie zufällig ergaben. Meine Vermutung war, dass ein Mensch sich unbewusst immer zu dem Pferd hingezogen fühlt, welches ihn im Moment der Begegnung am intensivsten „spiegelt“. Bis eines Tages, durch ein Erlebnis mit den Pferden, meine Vermutung einer tiefen Erkenntnis weichen musste.

In Zusammenarbeit mit einer Frau, die sehr erfahren war im Bereich systemischer Familienaufstellungen, boten wir den Menschen unseres Hofes an, eine pferdebegleitete Aufstellung zu einer individuellen Fragestellung zu machen.

Eine Pferdebesitzerin ließ sich auf das „Experiment“ ein, denn keiner von uns konnte genau vorhersehen, was sich während der Aufstellung abspielen würde. Wir besprachen im Vorfeld den groben Ablauf und meinem inneren Impuls folgend, schlug ich vor, zu jedem symbolischen Vertreter eines Familienmitglieds jeweils noch ein Pferd als Ergänzung mitaufzustellen. Meine Intention sagte mir, dass dies noch einen tieferen Einblick in die Familiendynamik und den Kern der Problematik geben könnte und stieß damit bei der Frau, deren Familiensystem aufgestellt werden sollte, sofort auf Zustimmung.

Als wir alles vorbereitet hatten und sie die symbolischen Stellvertreter für ihr Familiensystem platziert hatte, bat ich sie, sich intuitiv zwei der

Pferde auszusuchen, die wir anschließend in die Reithalle holten. Meine Aufgabe war zum einen, mich in die verschiedenen Positionen der Stellvertreter einzufühlen und die damit einhergehenden Gefühle auszudrücken, und zum anderen die Beobachtung der Pferde und Deutung ihres Verhaltens untereinander.

Als im Laufe der Aufstellung verschiedene, sowohl vergangene, als auch aktuelle, familiäre Strukturen und deren Dynamiken sichtbar wurden, spiegelten die Pferde dies in ihrer Interaktion miteinander exakt wieder. Die Frau hatte, ohne sich dessen bewusst zu sein, genau die Pferde ausgewählt, die die Aspekte der Menschen und die Dynamik ihrer Beziehungen zueinander, aufdeckten und sichtbar machten.

Je länger ich das Verhalten der Pferde in Interaktion beobachtete, desto deutlicher bemerkte ich, was sich wirklich abspielte: sie spiegelten nicht nur die aktuelle Disharmonie des familiären Systems, sondern auch das zugrundeliegende Thema und die potentielle Lösung. Eines der mitwirkenden Pferde griff während der Aufstellung in das bestehende System ein und entfernte mit seinem Hinterhuf einen symbolischen Familienvertreter. So als wollte es durch diese Handlung zum Ausdruck bringen, dass die Aufgabe des Stellvertreters an diesem Punkt erfüllt war und er die Familie nun verlassen konnte.

Zum einen war ich fassungslos ob der Zusammenhänge, die sich in diesem Moment durch die Pferde offenbarten und zum anderen breitete sich die ruhevolle Erkenntnis in mir aus, dass sich im Zusammenleben der Pferde und mir ein Kreis schloss. Es war zu der Integration aller Aspekte gekommen, die durch jedes einzelne Pferd gewirkt hatten. Fortan konnte ich sie als wirklichen Teil meiner selbst sehen und alles, was sie über ihr Verhalten zum Ausdruck brachten, verstehen und mit mir und anderen Menschen in Beziehung setzen. Die Erfahrungen während der Familienaufstellung gaben mir die Möglichkeit zu verstehen, nach welchem Prinzip sich ein Mensch zu einem bestimmten Pferd hingezogen fühlt.

Wir fühlen uns unbewusst immer zu den Menschen und Tieren hingezogen, durch deren Begegnung oder Begleitung wir die Möglichkeit haben, auf dem Weg unserer Bewusstwerdung zu wachsen. Durch diese Begegnungen stoßen wir häufig an unsere inneren Grenzen und nehmen dies zum Anlass, uns von den Menschen oder Tieren wieder abzuwenden. Wir wenden uns ab und erkennen die Chance nicht, die jede Begegnung für uns bereithält. Spürbar ist nur eine leise Ahnung davon und damit verbundene Angst, was das Einlassen auf die Beziehung zur Konsequenz haben könnte. Dass wir durch sie einem Aspekt von uns selbst begegnen, zu dessen Betrachtung, geschweige denn Integration, wir uns womöglich noch nicht bereit fühlen. Doch alles in uns, jeder einzelne Aspekt, strebt danach von uns wahr- und angenommen zu werden und zu unserer Ganzwerdung beizutragen.

In Konsequenz aller Erfahrungen durch die Begegnung und Beziehung mit Menschen und Tieren, etablierte sich ein maßgeblicher Zustand in mir: Mitgefühl. Je tiefer ich mich meinen inneren Prozessen hingab und meine Blockaden und Ängste in Augenschein nahm, desto dringlicher wurde eine mitfühlende Haltung mir selbst gegenüber. Durch den Menschen, der mich beim Abstieg in meine Dunkelheit begleitet hatte, wurde Mitgefühl für mich erfahrbar. Den Abstieg konnte ich schrittweise in Begleitung jenes Menschen wagen, der einerseits aus eigener Erfahrung wusste, was mich dort erwarten würde und andererseits vollkommen mit mir fühlte. Mit meiner anfänglichen Blindheit mir selbst gegenüber, dem zögerlichen Betrachten meiner tiefsitzenden Ängste und der Auflösung meiner selbst kreierten Illusionen. Das Mitgefühl, das er mir entgegenbrachte, machte es mir möglich, Mitgefühl mir selbst gegenüber zu entwickeln. Die Schritte, die auf meinem Weg in mein Inneres vor mir lagen, konnte ich nur alleine vollziehen, aber das Wissen um einen Menschen, der sich bereit erklärt hatte, mich dabei bedingungslos zu begleiten, erfüllte mich mit unbeschreiblicher Dankbarkeit und Demut. Dadurch realisierte ich, dass auch ich einen Menschen auf seinem Weg nur dann würde begleiten können, wenn ich aus eigener Erfahrung wusste, was ihm auf seinem Weg begegnen wird und wohin er ihn führt. Eine Begleitung konnte ich nur dann sein, wenn ich seinen Schmerz, seine Zweifel und seine Ängste wirklich mitfühlen konnte. Fernab von unaufrichtigen Mitleidsbekundungen und dem emotionalen und egoistischen Antrieb etwas „Gutes“ tun oder

„helfen“ zu wollen, um mich selbst dadurch gut zu fühlen.

In dem Moment, in dem ich mir selbst in meiner tiefsten und allumfassendsten Angst begegnete, sah und fühlte ich mit einem Mal die Ängste aller Wesen, die mich umgaben. Ihre Nöte, Sorgen und Ängste wurden zu meinen eigenen. Es fühlte sich so an, als würde sich mir das Schmerzliche an sich zeigen und offen vor mir ausbreiten. Hätte ich das Leben zuvor nicht in unzähligen Momenten und Begegnungen als den Ausdruck purer Liebe und Hingabe erfahren, wäre das Gefühl des mich überkommenden universellen Schmerzes unerträglich gewesen. Diese Erfahrung ermöglichte mir zu verstehen, dass das Verhalten vieler Menschen und Tiere sehr häufig angst- und schmerzvolle Prägungen zur Ursache hat.

Um mich das Prinzip der Ängste und deren Auswirkungen in Gänze verstehen und erfahren zu lassen, trat noch ein weiteres Pferd in mein Leben. Ariva. Sie begleitete mich ein kurzes Stück meines Lebensweges, um mir die Bedeutung des Todes zu lehren. Und die des Lebens. Über meine Bekannte, durch die ich vor vielen Jahren auch Josh gefunden hatte, wurde mir Ariva vermittelt. Ariva's Besitzerin hatte sie einige Jahre sehr erfolgreich im Reitsport eingesetzt und da sie aufgrund einer undefinierbaren Lahmheit nicht mehr uneingeschränkt geritten werden konnte, suchte sie einen Platz, an dem Ariva noch ein schönes Pferdeleben verbringen konnte. Trotz aller Gegensätzlichkeit in unserem Blick auf die Pferde und unseren Umgang mit ihnen, fiel ihre Wahl auf mich. Sie schenkte mir Ariva mit den Worten, dass sie sich keinen schöneren Platz für sie vorstellen könne. Ihr Verstand wägte ab, aber ihr Herz spürte, dass ihr Pferd an einem Platz leben würde, an dem es geliebt ist. Denn das war alles, was ich ihr sagen konnte. So, wie jedes andere Pferd in meinem Leben, würde ich auch dieses mit offenem Herzen empfangen und es all die Liebe spüren lassen, die aus mir lebt. Dieses Versprechen konnte ich der Besitzerin von Ariva geben und realisierte kurze Zeit später, dass Ariva mit einem eigenen Versprechen zu uns gekommen war.

Sie lebte knapp zwei Jahre bei uns und eine meiner Schülerinnen hatte eine sehr enge und liebevolle Beziehung zu ihr aufgebaut. Ariva konnte ihr all das geben, was sie in der Beziehung zu ihrer Mutter vermisste. Durch Ariva erfuhr sie eine Art mütterlicher und liebevoller Geborgenheit, nach der sie sich immer gesehnt hatte. Miterleben zu dürfen, wie das tief verunsicherte Mädchen in Ariva's Gegenwart einen Zugang zu innerem Frieden finden konnte, erfüllte mich mit unendlicher Freude. In Ariva's ausgebreiteten Flügeln der Gnade konnte das kindliche Herz sich geborgen und beschützt wissen.

Ohne Ankündigung und auf eine Art und Weise, die einem nicht lösbaren Mysterium gleicht, verließ Ariva uns eines Abends. Der Hof war voller Menschen, aber zu diesem Zeitpunkt waren nur die Menschen vor Ort, die mich auf meinem Weg mit den Pferden immer verstanden und liebevoll begleitet hatten. Es waren jene Menschen, die im Laufe der Jahre im Zusammensein mit mir, immer bereit gewesen waren, meinen Kern zu sehen und mein wahres Selbst zu erkennen. All jene, die mich aufgrund ihrer Ängste und Vorurteile verurteilten und mieden, waren nicht vor Ort.

Als ich zum Einkaufen unterwegs war, kam von meiner Freundin und damaligen Mitbewohnerin ein Anruf. Sie war sehr aufgebracht und sagte mir, dass Ariva sich mit dem Kopf und einem ihrer Hinterbeine in der Heuraufe verfangen habe. Während des Telefonats, stand sie neben Ariva und bat mich schnell nach Hause zu kommen, damit wir sie gemeinsam aus der Raufe befreien können. Doch es war zu spät, denn noch im Laufe des kurzen Telefonats hörte Ariva's Herz auf zu schlagen. Stille, Fassungslosigkeit und Trauer hüllten mich vollkommen ein. Als ich zu Hause eintraf, auf den Paddock ging und Ariva's leblosen Körper in der Heuraufe verfangen sah, fand mein Verstand keinen Weg, um zu begreifen, wie sich das hatte zutragen können. Es hatte den Anschein, als hätte man ihren Körper genommen und auf diese Art und Weise dort platziert. Es hatte den Anschein als hätte sie sich selbst das Leben genommen.

Kurz bevor ich zu Hause angekommen war, hatte ich meine Freundin bei dem Telefonat darum gebeten, alle Kinder erst einmal von Ariva fernzuhalten. Vorher wollte ich mir einen Eindruck ihres Zustandes machen. Ich wollte mir ein Bild von dem Tod machen und davon, wie er sich uns allen offenbaren würde. Als ich Ariva betrachtete und ihr über den Kopf und Hals strich, fiel mir auf, dass sie einen sehr entspannten Ausdruck hatte. Obwohl sie erst wenige Minuten zuvor auf eine unglaubliche Art und Weise gestorben war, wies ihr Körper keinerlei Zeichen von Stress auf. Ihr Fell war noch warm, aber nicht geschwitzt. Offensichtlich war sie dem Tod in völliger Ruhe begegnet, um sich ihm kampf- und widerstandslos hinzugeben.

Als wir Ariva's Körper mit vereinten Kräften aus der Heuraufe befreit und zu Boden gelegt hatten, rief ich alle Kinder zu mir. Sie näherten sich erst langsam dem leblosen Körper und als sie anfingen Ariva zu berühren, um den Tod zu spüren und zu begreifen, ließen sie sich von dem aufbrechenden Strom ihrer Tränen überfluten. Ich kniete, umringt von allen Kindern, weinend neben Ariva und in leisen Worten flüsterte der Sinn ihres Todes zu meiner Seele. Ich spürte meine Trauer und den Raum, den sie in mir einnahm, aber viel mehr noch spürte ich, dass es nicht um mich und meine Gefühle ging.

Ariva war als Begleitung in mein Leben getreten, um mich, durch ihren Tod, mit dem mir innewohnenden, bedingungslos liebenden Aspekt der Mütterlichkeit zu verbinden. Inmitten der Kinder spürte ich, dass ich mich nicht der Trauer in mir hingeben wollte, sondern meine Arme öffnete, um den weinenden Kindern den Halt zu geben, den sie in der Erfahrung des Todes zu verlieren glaubten. Ariva's Herz hatte aufgehört zu schlagen, aber ihre Liebe lebte durch meines hinfort.

Wir knieten und saßen in einem kleinen Halbkreis um Ariva, die Dunkelheit hatte sich über uns gelegt und plötzlich spürte ich zu unserer Linken und Rechten einen sanften Atemhauch. Cloud und Morgana hatte sich neben die Kinder gestellt, ihre Köpfe gesenkt und begannen ihnen sanft über die Köpfe zu lecken. Sie breiteten die Flügel ihrer Sanftmut über uns aus und trugen unsere Trauer auf ihren Schwingen davon.

Mit der Hilfe eines Bekannten befestigten wir Ariva's toten Körper an einem Traktor, um sie vor das Hoftor zu legen, wo sie am folgenden Tag abgeholt werden sollte. Auf dem Weg vom Paddock zum Tor bildete sich der schönste Trauerzug, den ich mir je hätte vorstellen können. Der Traktor fuhr langsam den Weg entlang und alle

Menschen folgten ihm andächtig. Das Laub aller Bäume, die der Traktor streifte fiel auf Ariva herab und bedeckte ihren Körper in schimmernden Farben des Herbstes. Der Tod zeigte sich uns in unbeschreiblicher Anmut und Friedlichkeit, die unser aller Trauer darin erträglich machte.

Als wir Ariva vor dem Hoftor abgelegt hatten, bedeckten wir sie mit einer Plane und zündeten eine Kerze an, die wir neben ihren Kopf stellten. Alle Kinder sammelten Blumen, die sie als letztes Zeichen ihrer Liebe neben ihren Kopf und auf ihren Hals legten. Wir hielten einander weinend in den Armen und neben der verängstigenden Erfahrung des Todes wurde umso deutlicher die Erfahrung bedingungsloser Liebe und Hingabe spürbar.

Noch am selben Abend informierte ich das Mädchen, das sich bis zu ihrem Tod liebevoll um Ariva gekümmert hatte. Verzweiflung und unendliche Trauer breiteten sich in ihr aus. Sie hatte den Teil in ihrem Leben verloren, in dessen Mütterlichkeit sie sich geborgen gefühlt hatte. Als sie am nächsten Morgen sehr früh zum Hof kam, um sich von Ariva zu verabschieden, sah ich sie mit ihrer Mutter vor dem Tor stehen. Für einen kurzen Moment zögerte ich hinauszugehen, weil ich den Grad ihrer Verzweiflung spürte und nicht wusste, wie ich mit ihrer unendlichen Trauer umgehen sollte. Im erneuten Spüren in das stärkende Gefühl, das Ariva mir mit auf meinen weiteren Weg gegeben hatte, ging ich zu ihr. Ich öffnete meine Arme und unter den irritierten und verunsicherten Blicken ihrer Mutter ließ ich sie weinend und fest an mich gedrückt, all das spüren, was Ariva sie immer hatte spüren lassen. Wir standen sehr lange einfach nur da. Sie drückte sich immer fester an mich, so als wäre es das erste Mal in ihrem Leben, in dem sie sich wirklich gehalten fühlte. In dem Halt, den ich ihr in diesem Moment geben konnte und der Dankbarkeit und Liebe, die sie mir entgegenbrachte, offenbarte sich der Sinn von Ariva‘s Tod. Sie war gestorben, um uns in der Weise wie sie gestorben war, die Schönheit im Moment des Todes zu zeigen. Und uns daran zu erinnern, dass wir leben, um einander in bedingungsloser Liebe zu begegnen.

Wir erkennen einander in allen Maskierungen unserer Angst und unser aller sehnlichster, wenn auch oft unbewusster, Wunsch ist es, hinter die

Maskerade zu blicken. Unser tiefster Wunsch ist es, unsere Maskeraden abzulegen und unser wahres Ich zum Vorschein bringen zu dürfen und dennoch angenommen zu sein. Angenommen und erkannt als die Liebe, die wir sind, aber selbst nicht glauben zu sein.

In der Begegnung mit einem Pferd haben wir in jedem Moment die Chance, in ihm einen Aspekt unseres Selbst zu erkennen. In jedem Moment stehen wir vor der Wahl, welchen Weg wir einschlagen möchten: den der Angst oder den der Liebe. Die Angst, die alles eng und dunkel macht und festhält oder die Liebe, die alles zulässt, erhellt und freigibt. In einem Pferd können wir in jedem Moment auch unseren innersten Gegensätzen begegnen und womöglich besteht darin unsere wirkliche Aufgabe. Nämlich die, unsere inneren Gegensätze wahrzunehmen, sie zu integrieren und aufzulösen, um ein Gleichgewicht herzustellen.

Unser Dasein dient nicht dem Zweck, uns von dramaerfüllten Ängsten innerlich einsperren zu lassen oder einen Zustand verblümter und rosaroter Liebe anzustreben. Wir haben die Chance, uns selbst und alle Beziehungen zu Menschen und Tiere in unserem Leben als die Aspekte des großen Ganzen zu erkennen. Wir alle sind ein Teil und das Ganze: das Enge wie das Weite; das Helle wie das Dunkle; das Festhaltende wie das Freigebende.

Jeder Atemzug birgt die Chance, auch in der Beziehung zu unseren Pferden, die Augen zu öffnen und zu sehen, dass immer alles in und durch uns existiert hat. Doch der Lauf des Lebens, unsere Glaubenssätze und Erfahrungen, haben in uns ein Netz aus Illusionen gesponnen, indem wir uns selbst gefangen halten. Wir leben in der Illusion der Trennung und leben all unsere Beziehungen in der Überzeugung, dass wir uns diese hart erarbeiten und erkämpfen müssen. Weil wir das Leben als einen harten Kampf empfinden.

Doch davon hat das Leben in Wirklichkeit nie gesprochen. Es gibt sich uns hin, um gelebt zu werden. Von Moment, zu Moment, zu Moment…

Licht

„Ihre Wege kreuzen einander.
Alles Dunkle wird zu hellem Licht.
Sie erkennen sich als diese Liebe, die nur noch von Unendlichkeit spricht.“
(„Du bist die Antwort“)

Als Nabo sich zurückgezogen hatte, um seine Blockaden der Vergangenheit aufzulösen, verlor ich für diesen Moment jede Hoffnung in meine Zukunft. Ein Leben ohne ihn, den vollendenden Teil meiner Seele, war mir nicht möglich. Einerseits benebelte mich in umfassender Weise ein nie empfundener Schmerz und andererseits fühlte ich mich eingewebt in unbeschreibliche Liebe.

Als ich meine Eltern traf und ihnen mitteilte, dass Nabo sich zurückgezogen hatte, nahm mein Vater mich in den Arm und sprach nur einen Satz zu mir: „Es ist schön, einmal im Leben bedingungslos geliebt zu werden.“ In diesem Moment erkannte ich, wie reich ich durch die Begegnung mit Nabo beschenkt worden war. Ich spürte, dass die Liebe, die wir zueinander empfanden über jede Trennung und Distanz hinweg bestehen würde. In mir wuchs die Zuversicht, dass es mir irgendwann möglich sein würde in dem Wissen um ihn und unsere Liebe zu leben, auch wenn unsere Wege für immer getrennt sein würden.

Mein ganzes Dasein war erfüllt von meinen Gedanken an und der Liebe für ihn und ich hangelte mich in den darauffolgenden Monaten zwischen leid- und hoffnungsvollen Momenten durch mein Leben.

Am 10. Juli 2014, vier Monate nach seinem Rückzug, stand ich in der Küche und blickte im Vorübergehen auf mein Handy. Nachricht von Nabo. Alles was er mir geschickt hatte, war die Fotografie dreier Bilder, die ich für ihn gemalt hatte. Sie waren der wortlose Ausdruck meiner Liebe für ihn. Und wurden in diesem Moment zum wortlosen Ausdruck seiner Liebe zu mir.

Wir trafen einander und haben es erkannt. Dass wir es sind und immer waren. Das Leben. Die Liebe. Das Licht. In allem und durch alles.

Epilog

Es heißt: „So spielt das Leben“. Aber das Leben ist kein Spiel. Es lebt, belebt und lässt leben. Es gab und gibt viele Menschen in meinem Leben, die mich getragen haben und tragen. Dafür danke ich ihnen, denn sie ließen mich erfahren, was es bedeutet, geliebt zu sein. Und es gab viele Menschen, die mich fallen ließen oder versuchten, mit mir Spiele zu spielen. Auch ihnen möchte ich danken, denn sie lehrten mich, immer wieder nach der Kraft in mir zu suchen, um aufzustehen und weiterzugehen. Adam Jackson sagte einmal: „Am Ende Ihres Lebens wird das einzige, was je Bedeutung hatte, die Liebe sein, die Sie schenkten und geschenkt bekamen“ *(Die zehn Geheimnisse der Liebe)*. Nichts Anderes habe ich erfahren. Liebt einander. Darin offenbart sich der Sinn.